KB044098

아리동절,

매일 행복을 만나

첫 번째

아리둥절, 매일 행복을 만나

아리, 아리 집사 지음

SANDBOX STORY

첫 번째

Hello,
My
name is
Ari!

PROLOGUE

안녕하세요? 아리예요! 저는 2016년에 태어난 웰시코기 공주님이에요. 대프리카로 유명한 대구에서 할머니, 엄마(집사), 삼촌과 행복한 견생을 보내고 있어요. 땅딸막한 몸에 다리가 짧아 종종 놀림받지만 괜찮아요. 그게 제 매력이니까요.

아리는 생각보다 바쁨

제 취미는 24시간 집사를 감시하는 거예요. 우리는 뭐든 다 함께하는 환상의 짝꿍이거든요. 그리고 같이 어려운 문제 해결하는 것을 좋아해요. 지루하고 단조로운 시간은 저와 맞지 않는다고 가족들한테 몇 번 표현했더니 새로운 놀이를 자주 선물해줘요. 그래서 저의 일상은 늘 즐거운 일들로 가득 차 있어요.

오늘도 산책 go?

사람들은 가끔 저를 천재견이라고 불러요. 집사가 하는 걸 모두 함께하고 싶어서 유심히 관찰하고 따라했더니, 하고 싶은 것도 할 수 있는 일도 많아졌어요. 스스로 목줄 챙기기, 문 열기, 발 닦기, 노래에 맞춰 종 치기, 말하는 버튼으로 대화하기… 꽤 많은 일을 하죠? 덕분에 <TV 동물농장>에 출연한 적도 있답니다.

간식이 먹고
싶으면 이걸
누르라고 했지?

제가 콩자반으로 보이나요?

똘망똘망한 눈과 촉촉한 코가 꼭
콩자반처럼 생겼다고 하더라고요.
저는 콩은 별론데요. 그리고 비상한
머리가 아리스토텔레스 같다던데,
그 사람도 저처럼 똑똑한가요?

Have a Nice day!

길에서도 발라당

집사가 그러는데 제 꿈이 남의 집 개인 거
같대요. 낯선 사람까지 다 좋아한다고요.
저는 그냥 반가워서 격하게 인사하는
것뿐이에요. 그럼 오늘도 행복하잖아요!

Contents

Prologue

Part 1
햇살 같은 강아지, 아리를 만났다

Contents

Part 2
세상 밖으로 나간 아리

Contents

Part 3
네가 자라는 동안 나도 자랐어

Contents

Part 4
고마워, 함께한 모든 날. 그리고 앞으로도

Epilogue

햇살 같은 강아지,
아리를 만났다

Part 01

동트기 전이 가장 어둡다더니

문득 아리를 만나기 이전의 날들이 떠오를 때가 있다. 해가 뜨기 전 새벽이 가장 어둡다는 말처럼, 이토록 해사한 아리가 내게 오기 직전에 나는 인생이 무너질 것처럼 힘들던 시기를 보냈다.
대학 졸업을 한 학기 앞두고 바쁘게 지내던 어느 날 갑자기 20대 암 환자임을 통보받은 것이다. 그리고 고생길이 시작됐다. 체력과 함께 자존감이 뚝뚝 떨어지고, 사람들의 위로마저 버겁던 시간이 지나고 남은 것은 낯선 흉터뿐이었다.
일상은 더 이상 정상적으로 흘러가지 않았다. 그 사실을 알면서도 한동안은 몸도 마음도 움직여지지 않아 가만히 고여 있는 시간을 보냈다.
그렇게 지금쯤 바닥일까… 싶던 날에 아주 조금씩 움직여 보기로 했다.
조금 일찍 일어나고, 밥을 챙겨먹고, 동네를 걷다 보니 이제 고생길에서 회복하는 길로 접어들었다는 것을 느낄 수 있었다.

세상에서 받은 것 중에 가장 고마운 선물

선물처럼 찾아온 너

내가 나를 잘 돌보며 살아갈 수 있겠다는 확신이 들 무렵, 이 행복한 변화를 함께 맞이하는 친구가 있으면 좋겠다는 생각이 들었다. 그 즈음의 나는 집에서 가까운 공원을 걷는 시간이 낙이었는데, 거기서 자주 보호자와 강아지가 눈을 마주치며 산책하는 모습을 지켜보면서 자연스럽게 반려견을 맞이할 준비를 하게 됐다.

중요한 것은 건강이 악화된 시기에 기분 전환을 위해 아리를 데려온 것은 아니라는 점이다. 간혹 우울한 시기에 반려동물을 입양하는 경우가 있는데, 입양과 함께 건강이 회복되어 행복해지는 경우도 있지만 그렇지 않은 경우도 많다. 그러므로 새 가족을 맞이하는 것은 언제나 충분한 준비가 되었을 때, 시간도 마음도 여유가 있을 때 하는 것이 정답이다.

미리 알아야 하고,
알고도 사랑할 수 있어야 하는 일

여러분께도 보여드린다. 웰시코기와 함께하면
감당해야 할 털 뭉치!

웰시코기의 상징으로 통하는 극단적으로 짧은 다리.

가족들끼리 반려견 입양에 관한 논의가 무르익어 가고 있었다. 이제 어떤 견종을 맞이할지 결정해야 할 때였다. 엄마는 짐 캐리가 나오는 영화 <마스크> 속 '마일로'라는 강아지가 너무 귀여웠다며 추천했다. 검색해보니 견종 이름은 잭 러셀 테리어. 알아볼수록 우리가 감당하기는 힘들겠다는 결론에 이르렀다.
고민만 깊어지던 어느 날, 나처럼 키가 작아 종종 닮았다는 소리를 듣던 웰시코기가 눈에 들어왔다. 어쩐지 계속 마음이 가서 책과 영상을 뒤지며 웰시코기의 유래, 성격, 건강상 특성 등등을 공부했다.

✳ 소몰이를 했던 거의 유일한 견종으로 고집이 세다.
✳ 체력이 좋아 많은 운동량을 필요로 한다.
✳ 다리가 짧고 허리는 길어 허리 디스크를 주의해야 한다.
✳ 털이 매우 많이 빠진다.
✳ 짖는 소리가 크다.

인연이라는 게 있는지 키우기 어려운 점을 보면서도 우리 가족은 웰시코기에 마음을 사로잡혀 버렸다. 순간의 감정으로 결정하면 안 된다는 생각에 매일같이 '웰시코기 털 빠짐', '웰시코기 짖음' 같은 것을 검색해 엄마와 오빠에게 휴대폰을 들이밀며 정말 괜찮겠냐고 물었다. 하도 사진을 보여줬더니 나중에는 온 가족이 개털 사진과 정이 들 지경이었다. 우리나라 주거 환경 특성상 단독주택보다는 아파트나 다세대주택이 많고, 그래서 더 단점으로 작용할 수도 있는 견종 고유의 특성까지 존중하고 끌어안을 각오가 되었다면, 그게 바로 마음의 준비 아닐까? 그렇게 기나긴 가족 회의 끝에 그 모든 특성들도 사랑하겠다는 결론에 이르러 우리는 웰시코기를 가족으로 맞이하게 되었다.

아리야,
하고 불렀다

아리야. 아리야. 이제 수천 번도 더 부른 이 이름은 사실 매우 급하게 지었다. 아리는 한 가정집에서 건강한 웰시코기 모견과 부견 사이에서 막내로 태어났다. 그 집의 마당에서 아리를 처음 만나던 날, 덩치는 벌써 큰 녀석이 몇 분 먼저 태어난 언니 강아지에게 어찌나 괴롭힘을 당하고 있던지. 그 모습이 측은해 막내와 함께 집으로 가기로 했다.
우스운 건 다른 입양 준비는 그렇게 열과 성을 다해놓고서 미처 이름을 준비하지 못했다는 것이었다. 같이 집으로 가는 길에 즉흥적으로 '아리'라는 이름을 붙여주었다. 사람들은 똑똑한 아리를 보고 아리스토텔레스에서 따온 이름이냐고 물었지만, 실은 즐겨 하던 온라인 게임의 캐릭터가 갑자기 떠올라 그리 심오한 뜻 없이 지어줬음을 고백한다.

함께 집으로 온 첫날. 아무 데나 철퍼덕 누워 자는 아리를 보며 당황한 건 우리였다. 적응 못할까 걱정했었어. 아리야….

아. 아리야…?

집에 온 아리를 보고 있으면 '뭐 이리 팔자 늘어진 애가 다 있지' 싶었다. 도착한 직후 현관에서부터 신발을 물어뜯더니 온 집안을 휘젓고 다녔다. 적응이랄 것도 없이 한참 신나게 놀더니 이내 곯아떨어졌다.
어린 강아지들은 낯선 환경에서 며칠씩 울기도 하고 잠 못 자는 경우가 많다고 들었는데 이 친구는 아니었다. 고심 끝에 골라둔 이부자리를 두고 아무 바닥에서나 철퍼덕 뻗어 자는 너. 다행이긴 한데 조금 당황스럽다…?

심상치 않은 녀석이다

아리가 어릴 때부터 똑똑했냐는 질문을 참 많이 받았다. 답은 예스다. 다만 똘망똘망한 에너지를 지금과는 다른 곳에 더 많이 썼던 것 같다. 해맑은 얼굴을 하고서는 집 안의 가구들을 갉아 둥그런 모서리로 만들고, 누워 있는 내 얼굴로 점프해 올라오는 것은 예삿일. 가족들이 걸어 다니면 어디선가 쏜살같이 날아와 발목을 물어댔다. 그 덕에 우리는 모두 발뒤꿈치에 반창고를 붙이고 생활해야 했다. 아프다고 비명을 지르면 그 반응이 재밌어서 더 열심히 물던 녀석이다. 처음에는 귀엽다는 이유로 마냥 무장 해제되어 받아주던 나를 포함한 가족들도 이 작은 맹수의 습격이 계속되자 교육의 중요성을 깨닫기 시작했다.

안 되는 건
안 되는 거야

아무리 퍼피 라이센스를 보유한 아기 강아지라지만 이대로 크면 장래희망이 맹수가 될 듯하여 조치가 필요했다. 어느덧 때는 생후 3개월쯤이었다. 우선 가벼운 배변 훈련과 함께 생활 규칙을 알려주기로 했다. 가족들과 서로 협조하여 신경 쓴 부분은 '입질'이라고 불리는 장난 삼아 깨무는 습관이었다. 만약 우리 중 누군가를 깨물면 당사자는 단호하게 "안 돼"라고 말한 뒤 다 같이 자리를 피했다. 중요한 건 가족 모두가 동시에 각자의 방으로 사라져야 한다는 것이다. 아리는 눈치가 빨라서 누군가 한 명이 사라지면 다른 가족에게 가서 안기면 그만이라고 생각했기 때문이다.

그렇게 사고를 치고 거실에 덩그러니 혼자 남은 아리는 잠시 생각의 시간을 가지게 된다. 일순간에 가족들이 사라지니 처음에는 당황하는 모습을 보였고, 이내 서서히 깨무는 횟수가 줄어들기 시작했다. 잘못을 알려주는 데는 단호하고 반복적인 상황 전환이 효과적이다.

정말 말 안 듣게
생겼다고요?
할 말은 많지만
하지 않겠습니다….

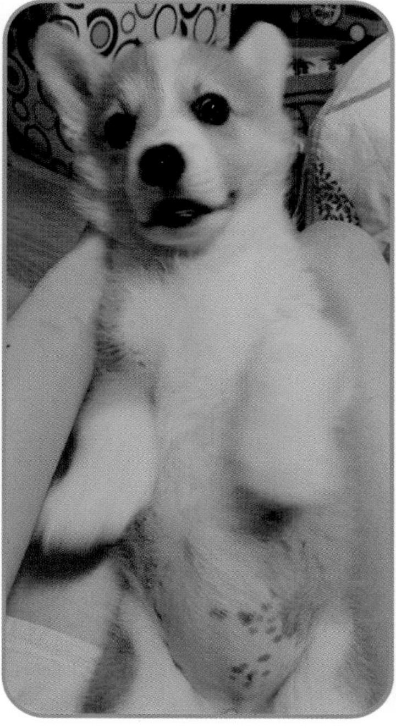

배변 훈련,
조금만 더 지켜봐 주세요

반려견과 가족들의 평온한 일상을 위해 가장 먼저 습득하기를 기대하는 것이 바로 배변 패드에 똥오줌 가리기다. 하루에도 몇 번씩 허리를 숙여 여기저기 닦아야 하고, 어쩌다 밟기라도 하면 난감해서 나 또한 초조했다. 하지만 어린 아이가 그렇듯 강아지의 배변 습관은 하루아침에 잡히지 않는다. 오히려 단기간 안에 끝내려고 하면 반려견이 스트레스를 받아 역효과가 난다.
어릴 때 가급적 함께하는 시간을 많이 확보해서 배변 타이밍을 지켜봐야 한다. 보통 잠에서 깨어난 직후, 밥을 먹은 직후에 배변 활동이 이루어지기 때문에 이때를 포착해 기미가 보이면 바로 배변 패드에 올려준다. 처음엔 패드에서 그냥 내려올 수도 있지만 몇 번 반복하다 보면 얻어 걸리는 순간들이 생긴다. 그럴 때 폭풍 칭찬을 해줘서 좋은 기억을 심어주는 것이 포인트다. 우연이 반복되면 기억이 되고, 칭찬이 더해지면 그 행동은 강화된다.

많은 경험을 하게 해줄게

어린 강아지는 예방접종이 모두 끝나는 14~16주까지 외출을 시키지 말라는 의견도 있지만, 나는 아리를 3차 접종이 끝난 10~12주부터 조금씩 바깥에 데리고 다니기 시작했다. 온실 속 화초 같은 강아지보다 많은 경험을 해본 강아지가 행복할 거란 확신에서였다. 덕분에 아리를 다른 사람들이 예상하는 것보다 강하게 키웠다. 아리가 제일 좋아하던 순간은 바로 주말농장 나들이 가는 날. 아리는 흙을 밟고 풀 냄새를 맡으며 집과는 다른 환경을 마구 누비고 다녔다. 온갖 잡동사니와 식물들이 지천인 곳에서 낯선 냄새를 맡으니 어찌나 신나 보이던지. 물론 아직도 아기였기 때문에 뛰어놀다가도 금세 아늑한 곳을 찾아 낮잠을 자곤 했는데 그 모습도 너무 귀여웠다.

어디든 씩씩하게
돌아다니던 아리.

꽁무니를
쫓아다니며 자연을
만끽하다가도
어느새 옆으로 가
장판 같은 곳에
잠들어 있곤 했다.

순창
쌈장

이렇게….

아리의 꼬리를 본 적
없다는 게 두고두고
마음 아프다.

단미에 대하여

웰시코기의 긴 꼬리 사진을 보면 깜짝 놀라는 사람이 많다. 길을 가다
만나는 웰시코기는 대부분 짤막한 꼬리를 가지고 있기 때문이다.
옛날에는 기능적인 측면을 고려해 단미를 했다는 설이 있지만,
현대에 와서는 순전히 사람의 욕심으로 꼬리를 자르거나(단미) 귀를
자른다(단이). 그 욕심은 바로 '보기에 좋으려고'이다. 웰시코기뿐 아니라
나 또한 꼬리가 원래대로 긴 슈나우저를 본 적이 없고, 도베르만 하면
길게 늘어진 귀가 아니라 뾰족하게 선 귀를 떠올린다.
스위스를 시작으로 영국, 독일, 스웨덴, 노르웨이, 벨기에, 오스트리아
등 유럽 대부분의 국가에서는 단미나 단이를 법으로 금지했다. 이유는
명확하다. 동물 학대이기 때문이다. 적발되면 징역에 처하는 나라도 있고,
단미나 단이를 한 강아지는 입국 자체가 불가한 나라도 수두룩하다.
우리나라도 그래야 하고, 그렇게 바뀌어 갈 것이라고 믿는다.
아직도 아쉬운 건 아리를 처음 만났을 때 꼬리에 대한 선택권이 없었다는
점이다. 사실 선택할 문제가 아니라 있는 그대로 두면 된다. 보통
입양하기 한참 전에 단미가 이루어져 입양자는 꼬리를 보지도 못한 채
아이를 만난다. 아리에게 꼬리가 있다면 어땠을까? 여우처럼 풍성하고
멋있었을 것이다. 기분이 좋을 땐 열심히 꼬리를 흔들어 온몸으로 행복을
표현하지 않았을까?
최근엔 다행히 인식이 많이 개선되어 꼬리가 있는 코기 친구들이 많이
보이고 있다. 반려동물의 모습을 있는 그대로 존중하는 문화가 더욱
빠르게 자리 잡기를 바란다.

아리둥절이 아니라 어리둥절의 추억

참 태평한 친구라고
안심했으면서도, 처음에는
아리가 평소보다 조금만
얌전하거나 어디 구석진
곳에 가 있으면 심장이 덜컥
내려앉고는 했다.

하지만 언제 그랬냐는 듯 금세 이런 자세를 선보이는 아리 덕분에 애꿎은 가족들만 수시로 어리둥절했던, 모든 게 어설펐던 날들의 기억.

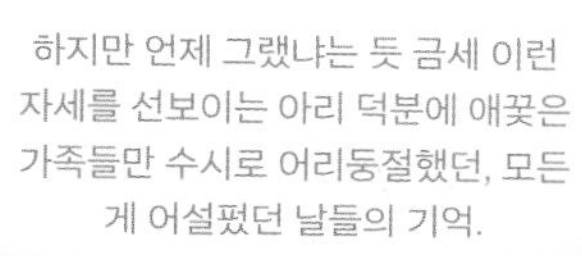

어릴 때부터 발달한 먹큐

천방지축 말괄량이 시절의 아리도
엄청난 집중력을 발휘하는 순간이
있었다. 바로 맛있는 음식이 눈앞에 있을
때다. 갑자기 눈빛이 초롱초롱 빛나면서
내 얼굴과 음식을 번갈아 쳐다보며
눈치를 주곤 했다. 이때부터 눈치가
대단했던 것 같다.

아리의
어린 시절 대방출

집에 온 지 얼마 지나지 않아 아리는 애교로 모두를 녹이기 시작했다.

별도 따주고 달도 따주고
싶지만 우리가 같이 오래
살려면 아무거나 줄 수 없는
걸 아리는 알까.

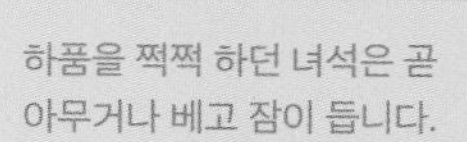

하품을 쩍쩍 하던 녀석은 곧
아무거나 베고 잠이 듭니다.

얼음팩과 우유갑을
베고 사랑스럽게
자는 아리.

이가 간지러운지 눈에 띄는
것을 물어뜯고 놀다가,
이내 그것도 베고 잔다.

아리는 점점 더
태평해지는 중.

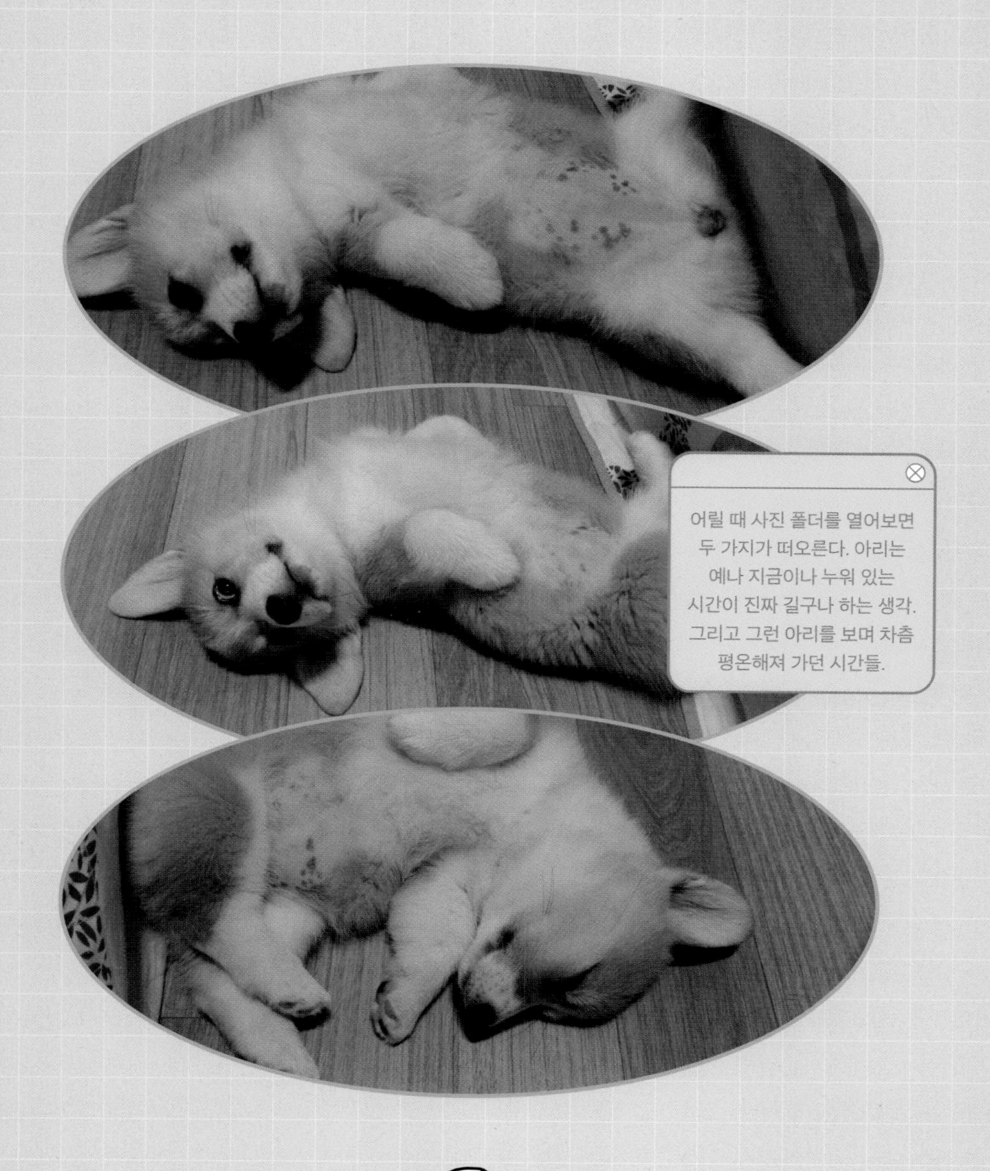
어릴 때 사진 폴더를 열어보면
두 가지가 떠오른다. 아리는
예나 지금이나 누워 있는
시간이 진짜 길구나 하는 생각.
그리고 그런 아리를 보며 차츰
평온해져 가던 시간들.

세상 밖으로 나간 아리

Part

어느 날 갑자기
유튜브 시작

그러다 오빠 말에 혹해 느닷없이
유튜브를 시작했다.

아리와 생활한 지 2년쯤 지났을까? 방바닥에 드러누워 뒹굴거리는 우리 둘을 보고 오빠가 뜬금없는 소릴 했다. "유튜브나 해봐." 갑자기 무슨 유튜브냐고 되묻자 아리의 귀여운 모습을 차곡차곡 기록해두면 좋지 않겠냐는 답이 돌아왔다. 하긴 아리의 귀여움은 혼자 보기 아까울 정도이긴 했다. 이 사랑스러운 모습이 동네방네 소문나면 좋겠는데? 오빠는 채널 이름도 냉큼 추천해줬다. 저 녀석의 순진한 얼굴을 보라며, '아리둥절'하지 않냐고. 그 또한 고개를 끄덕이게 되는 작명이었다. 그날부터 아리는 유튜버가 됐다.

아리는 촬영 중

원래도 아리와 꼭 붙어 있는 게 내 하루 일과였지만 유튜브를 시작한 뒤로 함께하는 시간이 더 많아졌다. 아, 어찌 보면 이전에 아리가 내게 붙어 있는 시간이 많았다면, 이제는 내가 아리에게 붙어 있는 시간이 더 많아졌다는 게 차이점일 수도 있겠다. 물론 서로 붙어 있다는 결과는 똑같다.

아리의 자연스러운 일상을 포착하는 게 중요하다 보니 가만히 관찰하는 시간이 늘었다. 덕분에 아리의 몰랐던 모습도 알게 되는 것 같아 새롭고 재밌다. 물론 녀석도 그 관심을 온몸으로 즐기는 것 같다. 처음부터 스타가 될 상이었던 게 아닐까?

카메라 앞에서도
뚝딱대지 않는 아리.

사람과 잘 지내는 강아지면 좋겠다

아리는 아주 어릴 때부터 사람들을 많이 만났다. 대부분의 사람들이 공감할 텐데, 포유류의 어린 시절은 사랑스러움 끝판왕이지 않던가. 개로 진화한 아리도 물론 내 눈에는 우주 최고로 귀엽지만 퍼피 시절은 더더욱 심하게 귀여웠다.

그래서였을까? 아리와 벤치에 앉아 있으면 매번 팬미팅이 개최됐다.

"어머머, 콩고물 묻은 조랭이떡 같아!"

"짧은 다리 좀 봐, 너무 귀여워!"

옆에 있던 내가 괜히 숨고 싶을 만큼 부끄러웠지만 아리는 시선을 한몸에 받으며 여유롭게 즐겼다. 역시 이 강아지, 관심 좀 즐길 줄 아는 녀석이다. 지금 생각해보면 그때 이미 아리는 세상 사람 모두가 자신을 예뻐하는 게 당연하다고 생각한 것 같다. 산책을 나가기만 하면 지나가는 사람마다 붙잡고 인도 한복판에서 배를 까며 굴렀으니 말이다.

세상 사람들 아리 좀 봐주세요

나는 아리의 사람 친화적인 성향을 좀 더 발전시키기로 마음먹었고,
주기적으로 다양한 사람들과 만날 수 있도록 자리를 만들었다.
물론 첫 만남에 지켜야 할 매너나 주의 사항 숙지는 필수였다.
너무 과격하게 만지지는 말 것, 큰 소리로 인사하지 말 것, 천천히 친해질 것 등등. 사람과 반려견 모두 규칙을 지키는 만남을 이어갔다.

장래희망: 남의 집 개

그렇게 애정 어린 시선과 손짓으로 아리를 예뻐해주는 사람들을 많이 만나고, 아리도 그들을 좋아한 결과는? 놀라울 정도의 친화력이었다. 어릴 때부터 따뜻한 사랑을 표현해주는 사람들에게 둘러싸여 성장한 아리는 사람과의 친밀도가 점점 깊어져 갔다.
집뿐만 아니라 밖에서도 처음 보는 사람과 너무나 잘 지내는 아리를 보며 나와 가족들은 '저 아이의 장래희망은 남의 집 개가 되는 것이 분명하다'고 중얼거릴 정도였다. 농담 반 진담 반으로 서운한 척 그 말을 읊조리곤 했지만 진짜 속상한 것은 아니다. 사랑을 듬뿍 받고, 또 그 사랑에 보답할 줄 아는 강아지로 자랐으니 바랄 것 없이 고맙고 기쁠 따름이다.

1년 만에 다시
놀러온 친구를
보자마자 아리가
보인 반응은
바로 이 모습.

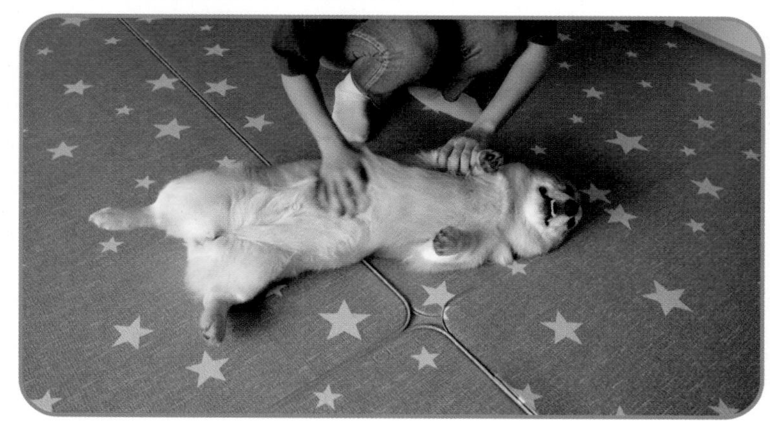

다정한데 심지어 쿨해요

격한 인사를 나눈 뒤 아리는
계속해서 애정을 표현한다.
이렇게 사랑이 많은 아이를
나는 처음 보았다.

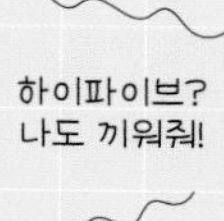

아리의 특징은 헤어질 땐
쿨하게 바이바이한다는 것이다.
너 참 깔끔한 성격을 가졌구나.

기사님이
집에 오셨을 때는?

휴… 보기 좋으면서도 민망한 풍경이 펼쳐진다. 어느 집이나 가전제품이 고장 나면 기사님이 방문하시지 않던가. 그럴 때마다 아리는 자신의 집 안에서 얌전히 기다리는데 그 와중에도 부담스러운 눈빛을 보내서 그런지 종종 “강아지 풀어놔도 괜찮다”고 말씀해주시는 경우가 있다. 이 친구는 격하게 인사하는 편인데 괜찮으시냐 재차 여쭤봐도 괜찮다고 하시면 아리를 내보낸다. 막상 아리가 오래 헤어졌다 만나기라도 한 것처럼 반갑게 인사하면 약간 당황하시지만 “낯선 사람을 이렇게 반갑게 맞이해주니 고맙다”고 말씀하시기도 한다. 저야말로 우리 집 똥강아지 예뻐해주셔서 감사합니다.

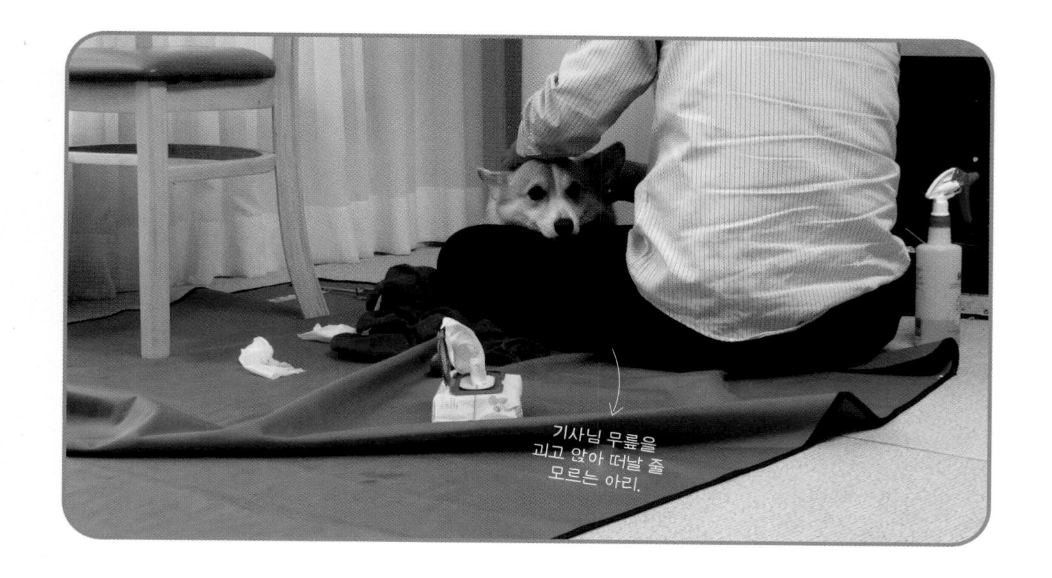
기사님 무릎을 괴고 앉아 떠날 줄 모르는 아리.

그럼 배달 음식이 오는 날에는?

모두들 예상하시다시피 배달 기사님이 사랑 고백받는 날이다. 잠깐 스쳐 지나가는 분이라도 아리의 사랑을 피할 수는 없다. 버선발로 뛰어나가 인사하고, 인사를 다정하게 받아주는 분이면 결국 배까지 내밀며 애교를 부린다. 한참 인사를 나눈 뒤 배달 음식은 자기가 챙겨오는 똑똑하고 웃기는 강아지다.

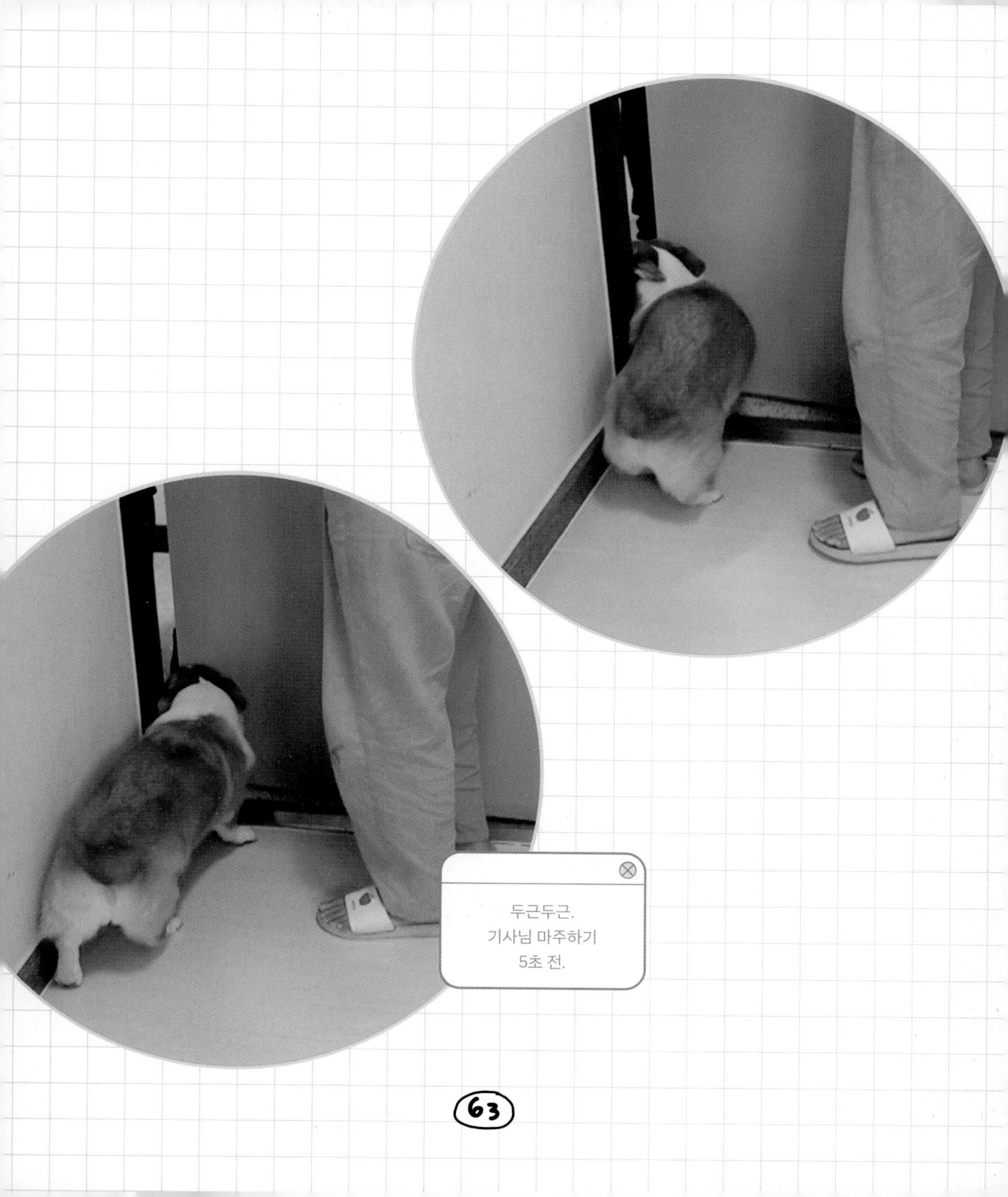
두근두근.
기사님 마주하기
5초 전.

그리고 인사 시작!
기사님도 치킨 배달
잠깐 잊은 거 같은 건
기분 탓일까?

하지만 아리는 치킨도
야무지게 챙겨온다.

혼자 있으면
불안해지는 개들

분리 불안은 반려견과 사는 많은 가정에서 어려움을 겪고 있는 문제다.
가족이 외출하고 혼자 남은 반려견은 괴로운 시간을 보내게 된다.
현관문을 긁고 하루 종일 하울링을 하거나 집 안을 어질러 놓는 등
증상은 다양하게 나타난다. 그렇게 되면 보호자도 괴롭겠지만 반려견의
스트레스는 극에 달한다.
분리 불안은 사실 외로운 감정과는 다른 개념이다. 단순히 보호자와
떨어지는 것에 대한 외로움이 아니라 일종의 강박증, 정신 이상
증세이다. 때문에 반려견이 행복한 삶을 살게 하려면 반드시 고쳐주어야
한다. 단시간에 나아지기엔 어려운 문제지만 불가능한 문제도 아니다.
그리고 어릴 때 잡아야 한다. 아리가 어렸을 때부터 해온 교육 방법을
소개한다.

1. 켄넬 사용의 생활화

강아지가 그 누구의 방해도 받지 않고 쉴 수 있는 어둡고 아늑한 공간이
필요하다. 개는 사람과 함께 생활하는 사회적 동물이지만 혼자만의
휴식 시간은 철저히 보장되어야 한다. 분리된 공간이 없고, 가족들의
과도한 스킨십, 대화 등에 노출된 반려견은 온전히 휴식을 취하지 못하고
수면의 질도 급격히 낮아진다. 그로 인해 예민도가 올라가며 각종 불안
증세(특히 분리 불안) 현상이 쉽게 찾아온다.
성공적인 켄넬 교육을 위해서는 충분한 산책이 필수다. 산책을 통해
피곤한 상태가 되어야 집중적으로 휴식을 취할 수 있다. 피곤한 개가
행복한 개라는 말이 있듯이 피곤할 만큼 운동을 시켜줘야 한다. 아리는
하루 3~4시간 산책을 하고 14시간 이상 수면을 취한다.

2. 보호자에 대한 집착 금지

켄넬을 사용하는 이유 중 하나이기도 하다. 너무 예쁘고 소중한 내 반려견이지만 보호자의 무분별한 애정 표현은 집착을 부른다. 보호자가 무얼 하는지, 어딜 가는지 등 보호자의 행동에 집착하는 친구들은 함께 있는 순간에도 피로도가 높으며 깊은 수면을 취하지 못한다. 내 반려견이 '나만 바라보는 바보'가 되지 않게 적정한 거리를 두어야 한다.

3. 외출을 자연스럽게 인식

외출을 준비하는 과정부터 돌아오는 순간까지 모두 자연스럽고 당연한 일임을 반려견에게 알려주어야 한다. 평소 "미안해. 금방 다녀올게. 잘 쉬고 있어~" 하며 보호자가 먼저 안절부절 못하는 태도를 취하면 이를 바라보는 반려견은 외출 상황 자체에 불안감을 갖게 된다. 그저 '늘상 있는 일이고 어차피 돌아올 거니까 쿨하게 나가야지~' 하는 느낌으로 행동하자. 보호자가 취하는 태도가 반려견의 정서에 큰 영향을 준다.

TIP 보호자의 외출과 귀가 과정을 잘 받아들이지 못한다면 '둔감화 교육'이 도움이 될 수 있다. 보호자가 현관문 앞에 서 있을 때, 나갈 때, 문을 닫았다가 여는 행위를 할 때 사이사이 간식을 주며 익숙해지게 하는 것이다.

외출을 하든
말든 나는
내 공간에서
잔다.

응… 왔어…?

나 홀로 집에

여유롭게 햇살 샤워하는 아리.

다행히 아리는 분리 불안을 겪은 적이 없다. 어렸을 때부터 분리 불안이 오지 않도록 경계하고 가족 전체가 교육에 신경을 쓴 결과 감사하게도 마음이 건강한 강아지로 자랐다. 어느 정도냐면 집에 카메라를 설치해놓고 다녀오면 잠깐 물이나 간식 먹고 돌아다니다 켄넬로 돌아가 자는 모습만 찍혀 있는 걸 확인할 수 있다.

다른 개가 집에 왔을 때

아리는 사람이 집에 왔을 때와 개가 집에 왔을 때 반응에 확연한 차이가 있다. 다른 개의 경우 사람과 달리 별로 반가워하지 않는데 그렇다고 텃세를 부리지도 않는다. 그저 한 공간에 있을 뿐 무관심으로 일관한다. 덕분에 유기동물을 임시 보호할 때 아리의 눈치를 덜 봐도 된다는 장점이 있다.

TIP ❶ 낯선 반려견이 집으로 올 때는 밖에서 먼저 인사하는 게 좋다.

아리는 집에 오는 친구들에게 텃세를 부리거나 부담을 주지 않지만 그럼에도 첫 인사는 실외에서 하고 냄새도 충분히 맡고 함께 들어온다. 만약 영역 의식이 강하거나 보호자에 대한 집착이 있는 친구라면 바깥에서 평행 산책 등으로 경계를 어느 정도 풀고 들어오는 게 긴장 완화에 도움이 된다.

둘이 왜 이러고 있는지 아시는 분…?

산책하다가도 더우면 각자 쉬는 둘.

TIP ❷ 안전을 위해 언제든 분리시킬 수 있어야 한다.

밥이나 간식을 서로 분리되지 않은 공간에서 준다면 경쟁하다 싸움이 날 수 있다. 음식 급여 시에는 서로 경계하지 않도록 완벽히 분리해야 한다. 또한, 보호자가 지켜보지 못할 때에도 켄넬이나 안전문 등으로 분리시켜 두어야 한다.

친구들과
사회적 거리 두기
실천 중인 아리.

TIP ❸ 서로 부담 주지 말자.

다른 개와 꼭 몸을 부딪히며 놀아야 사회성이 좋다고 생각할 수 있다. 하지만 상대 강아지가 원하지 않을 때 거리를 둘 줄 아는 것이 더 중요하다. 어느 한쪽이 일방적으로 다가가는 관계라면 다른 한쪽은 스트레스를 받을 수밖에 없다. 간혹 사람이 볼 때는 잘 노는 것처럼 보여도 한쪽이 참고 있는 경우도 많다. 다견 가정에서도 각자의 시간을 갖는 것이 중요하다고 하는 이유가 여기에 있다.

친구보다는
손에 든 간식에
관심이 더 많다.

아기 강아지 후추의 습격

한때 우리 집 하숙생이었던 후추는 아리를 지독히도 따라다녔다. 아리가 쉬고 있으면 놀자고 깡깡 짖고 밥을 먹을 땐 같이 먹자고 울었다. 그래도 아리는 나름 어른 강아지라고 웬만한 건 후추에게 양보했다. 물론 너무 버릇없게 굴 땐 단호하게 교육하는 늠름한 모습도 보였다.

후추는 현재 좋은 가정에 입양을 가서 제2의 견생을 행복하게 살고 있다.

마주 보고 자는
모습도 팔불출
가족들의 눈에는
세상 귀여웠다.

둘은 점점 사이
좋은 산책
메이트가
되어 갔다.

주사는 싫지만 병원은 좋아

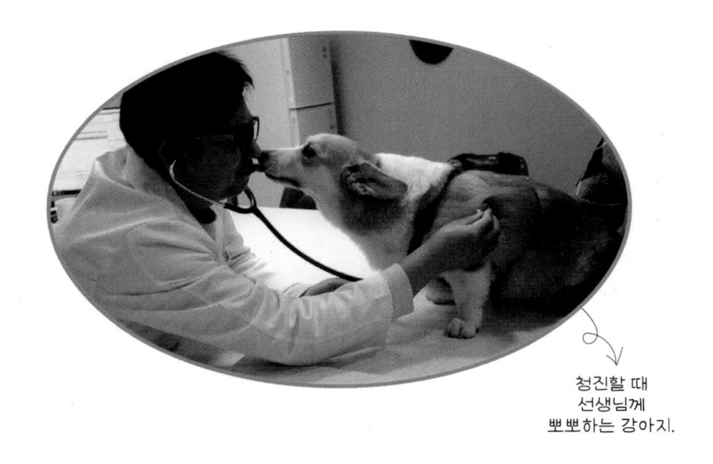

청진할 때
선생님께
뽀뽀하는 강아지.

아리가 <TV 동물농장>에 출연하면서 여러 인연이 생겼다. 특히 아리 유니버스의 한 축을 담당하고 계신 박순석 원장님은 아리의 절친한 친구다. 병원에 갈 때마다 반갑게 맞이해 주시는 원장님 덕분에 아리는 진료대에서도 간식을 먹고 꿀잠도 잔다. 주사만 안 맞으면 병원에서 살라고 해도 살 기세다.

선생님과 둘이 있어도 아리는 전혀 불안해하지 않는다.

TIP

동물병원에 대한 거부감을 없애려면 병원이라는 장소에 익숙해지는 과정이 필요하다. 만약 아플 때만 병원에 데려간다면 반려견은 병원을 점점 더 싫어하게 될 수밖에 없다. 건강할 때일수록 마실 나가듯 병원에 방문해 간식이나 장난감을 사오는 등 즐거운 기억을 심어주는 것이 좋다. 병원에 가면 좋은 일이 생긴다고 인식하게 도와주자.

와이파이는
처음이라서

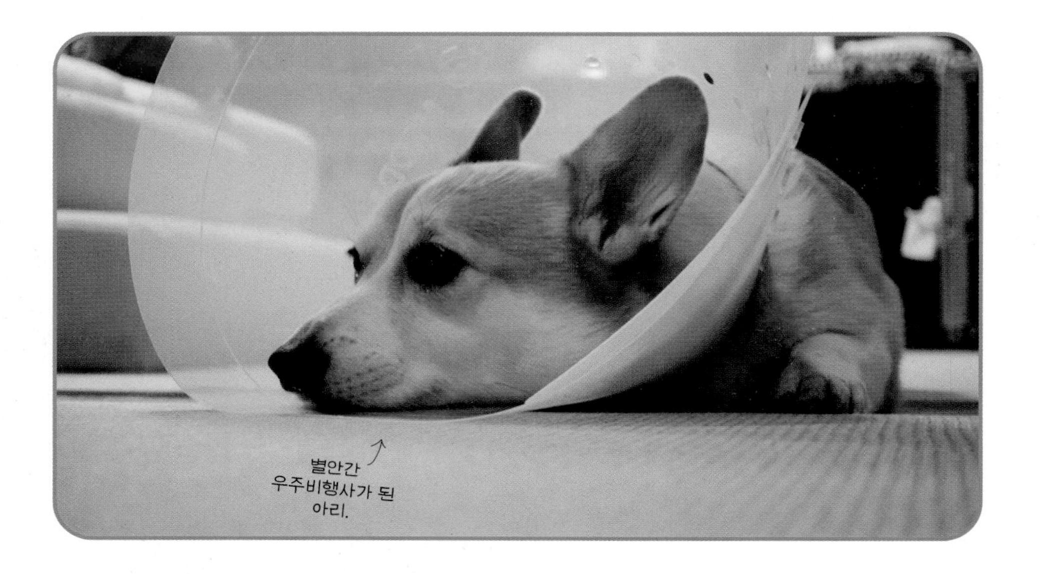

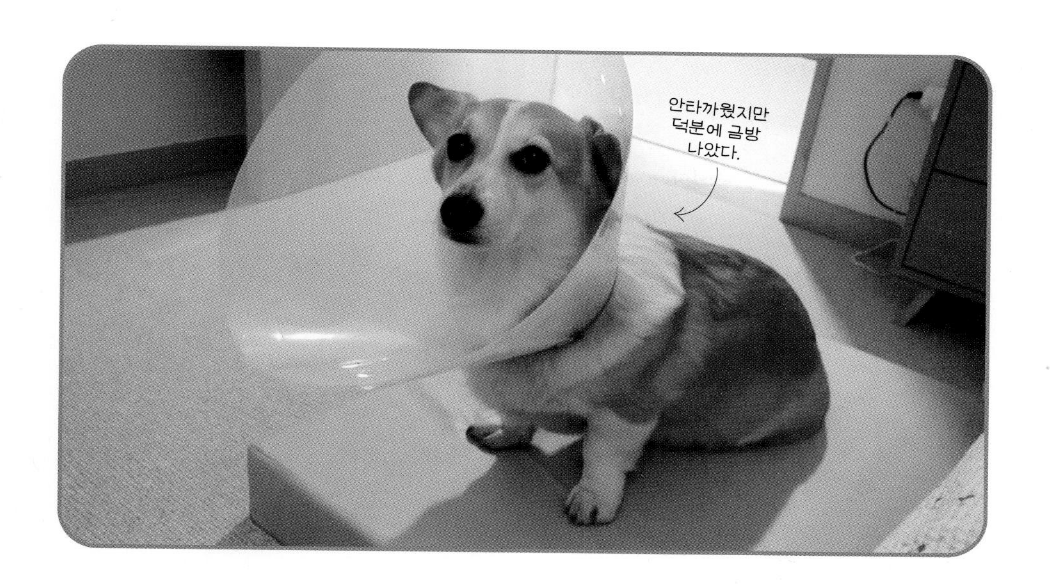

아리는 그동안 크게 아파본 적이 없다. 종종 넘치는 식탐을 주체하지 못해 먹어선 안 될 것을 삼키는 바람에 병원에 가는 경우를 제외하곤 아파서 병원을 가는 일은 잘 없었다. 그런데 어느 날 피부에 상처가 생겨 병원 치료를 받게 되었다. 다행히 큰 상처는 아니라서 금방 치료할 수 있었지만 아리가 상처 부위를 핥지 못하도록 수의사 선생님이 넥카라 착용을 권유하셨다.

아리 덩치에 비해 넥카라가 너무 커보였지만 선생님은 아리의 유연성을 과소평가하지 말라며 원천 봉쇄가 가능한 사이즈여야 한다고 하셨다. 넥카라를 착용한 모습이 마치 와이파이 기호 같아서 안타까우면서도 귀여웠고 귀엽다가도 안쓰러웠다.

시골에 간 아리, 오늘도 즐겁게!

아리를 데리고 종종 시골에 간다. 그곳엔 푸른 자연과 할아버지의 투박하지만 따뜻한 손길이 있다. 천방지축 아리가 마당을 누빌 때마다 할아버지는 인자한 미소로 연신 허허허 웃으신다.

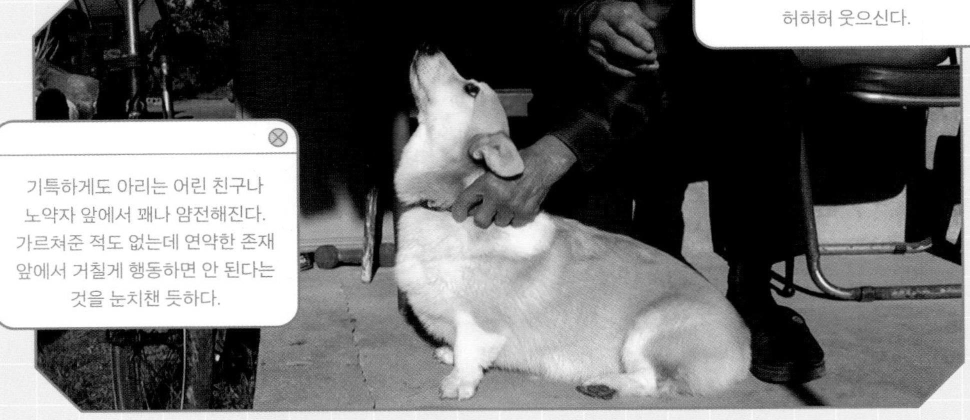

기특하게도 아리는 어린 친구나 노약자 앞에서 꽤나 얌전해진다. 가르쳐준 적도 없는데 연약한 존재 앞에서 거칠게 행동하면 안 된다는 것을 눈치챈 듯하다.

할아버지는 그런 아리가 기특한지 마냥 귀여워해 주신다.

이것은 산책인가, 팬미팅인가

여느 반려견들처럼 아리도 산책을 좋아한다. 집 밖으로 나서는 순간 아리의 무대가 펼쳐진다. 처음 보는 사람이 아리에게 눈을 마주치고 웃어주면 너무 기쁜 나머지 엉덩이를 흔들어 날아갈 지경이다.
운 좋으면 구독자님을 만나기도 한다. 익숙한 실루엣의 땅딸막한 코기가 지나가니 일단 "아리다!" 하고 불러 보시는데 바로 다음 순간 그분은 아리의 뽀뽀 박치기를 받게 된다.

마사지를 사랑하는 개

아리가 오늘의 마사지 도구를 골랐다.

사람 친화적인 사랑둥이답게 아리는 사람의 손길도 많이 좋아한다. 그런데 재밌는 건 사람 손 말고 다른 도구도 다 좋아한다는 것이다. 문질문질했을 때 시원하기만 하면 된다. 특히 만졌을 때 좋아하는 부위는 귀 주변이다. 강아지들은 평소에 스스로 긁기 힘든 부분을 마사지받는 것을 좋아하므로 자주 만져주면 혈액 순환에도 도움이 된다. 마사지를 너무 좋아하는 아리 덕분에 엄마가 가지고 있던 마사지 도구는 모두 아리에게 소유권이 이전되었다.

TIP 열정적인 산책 끝에도 마사지가 필수다. 등줄기를 따라 손으로 부드럽게 쓰다듬으면 긴장을 이완시키는 데 도움이 된다. 만약 마사지를 할 때 평소와 다른 신체적 반응을 보인다면 어딘가 불편하다는 신호일 수 있으니 자세히 살펴보자.

좋아서 기절한
개손님.

온몸의 긴장이
풀려버렸다.

또 다른 날은
손으로 마사지
꾹꾹.
오늘도
녹아내렸다.

님아,
그 손을
멈추지 마오.

저기요, 손님?
집에 가실
시간입니다.

신이 나!
지렁이춤을 춰볼까!

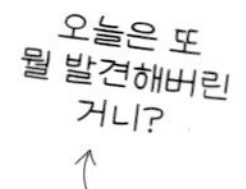

보호자와 나란히 발 맞춰 걷는 동안 눈을 마주치며 교감하는 것만큼 행복한 산책은 없을 것이다. 그런데 아리는 여기에 더해 행복 포인트가 하나 더 있다. 바로 등으로 하는 지렁이춤이다. 길을 걷다가 지렁이의 사체나 동물의 똥 같은 것을 발견하면 기쁨의 댄스를 춘다. 바닥에 등을 대고 지렁이처럼 온몸을 배배 꼬며 한참을 놀아야만 그곳을 지나갈 수 있다.

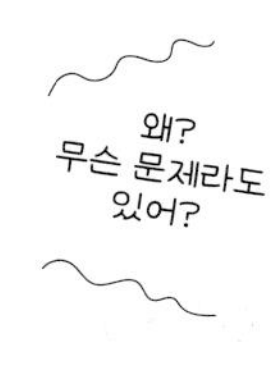

나를 비롯해 반려견의 이러한 행동을 본 많은 보호자들이 처음엔 당황한다. 바닥에 누워 춤을 추는 것도 희한한데 그 행동 뒤에는 코를 찌르는 냄새를 달고 오기 때문이다. (어느 날은 고양이 똥 냄새에 비염으로 막혔던 코가 뚫릴 지경이었다.) 하지만 걱정할 필요는 없다. 바닥에 몸을 비비며 냄새를 묻히는 건 기분이 좋아서 하는 행동이기 때문이다. 이렇게 향수를 바르고 온 동네를 돌아다니다 보면 다른 강아지들의 부러움을 살 만큼 자존감이 뿜뿜 올라간다. 아리는 산책 때마다 이렇게 위풍당당해진다.

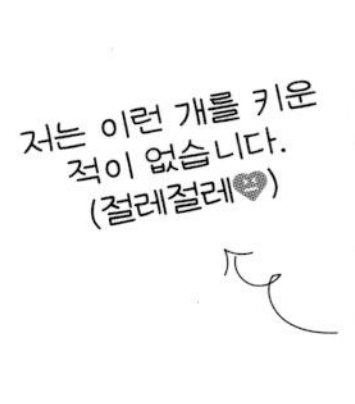

수영은 하고 싶지만 목욕은 싫어

아리는 몇 달에 한 번씩 목욕을 한다. 산책 후에는 손발만 닦고, 지저분한 곳은 그때그때 부분 샤워를 하면서 위생 관리를 하고 있다. 목욕을 자주 하지 않아서일까? 목욕 자체를 썩 좋아하진 않는다.
분명 수영할 때는 물 만난 물개처럼 신났었는데, 샴푸가 동원되면 풀 죽은 얼굴이 된다. 최대한 빨리 끝내주는 것밖엔 방법이 없다.

이 정도는
참을 만한데?

TIP 전문가들에 의하면 너무 자주 씻기는 게 강아지의 피부를 민감하게 만드는 지름길이라고 한다. 정말 자주 씻긴다고 해도 3주 정도는 텀을 두는 것이 좋다고. 그래서 우리는 그저 아리의 꼬순내를 존중하기로 마음 먹고 목욕은 스트레스를 주지 않는 빈도로만 하기로 약속했다.

하지만
다 씻고 나면 자신감
뿜뿜 애플힙!

드라이 할 때는 꿀잠 자는 편

청소기나 드라이 소리에 스트레스를 받는 친구들이 많다. 사람에게도 소리가 큰데 사람보다 청각이 예민한 반려동물에게는 오죽할까? 이럴 땐 낮은 자극에서부터 적응을 시작하는 둔감화 교육이 많은 도움이 된다. 드라이기를 거실에 두고 반려견이 그 존재를 인지할 때마다 간식을 주고 칭찬을 해보자. 그 다음엔 드라이기를 켜지 않은 채 들고 움직여 본다. 소리가 나지 않는 상태에서 드라이기와 친해질 수 있게 움직일 때마다 간식을 주면 된다. 어느 정도 거부감이 사라지고 드라이기 옆에 와서 앉을 정도가 된다면 소리를 켰다가 빠르게 꺼보자. 짧은 자극을 주고 빠져야 하기 때문에 처음부터 강한 자극은 금물이다. 소리가 나면 간식을 빛의 속도로 주고 칭찬한다. 소리와 동시에 간식이 나오는 상황이 반복되면 반려견은 이를 긍정적으로 인식하기 시작한다. 만약 적응에 시간이 걸린다면 며칠에 나눠서 반복해도 좋다. 낮은 자극에서 높은 자극까지 서서히 반려견에게 적응하는 시간을 주는 것이 핵심이다.
아리는 어릴 때부터 둔감화 교육을 해와서 그런지 청소기 소리만 나면 자다가도 뛰쳐나와서 헤헤 웃는다. 아무래도 과잉 둔감화가 된 듯하다.

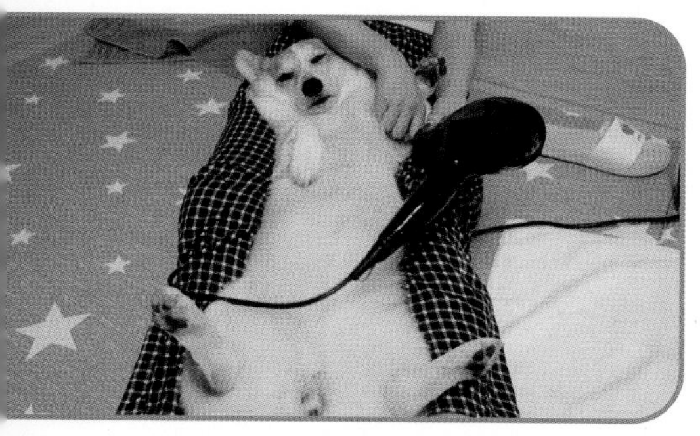

이제 아리는
드라이를 할 때마다
나른한 표정으로
졸기 시작한다.

집을 편하고 안전한 곳으로 생각할 때 강아지들은 배를 까고(?) 잔다고 한다. 배는 강아지에게 있어 가장 취약한 신체 부위이기 때문에 조금이라도 경계심이 드는 상황에서는 드러내지 않는다. 그러고 보니 아리는 대부분의 경우 배를 최대한 오픈하여 만세 자세로 잔다. 때문에 우리 가족들은 우스갯소리로 "역시 천적이 없는 강아지답다"라고 농담을 던지곤 한다.

천적이 없는 강아지의 수면 자세

식탁 밑에서 간식
더 없냐고 시위하다가
잠든 날.

활처럼 휘어져
자는데 허리 아프지도
않은 걸까.

자세히 보면 날마다 모습이 조금씩
다르다. 잠을 자는 장소의 제약도 없으며
포즈도 다양하다.

집사를 감시하다
말고 꾸벅꾸벅
졸고 있다.

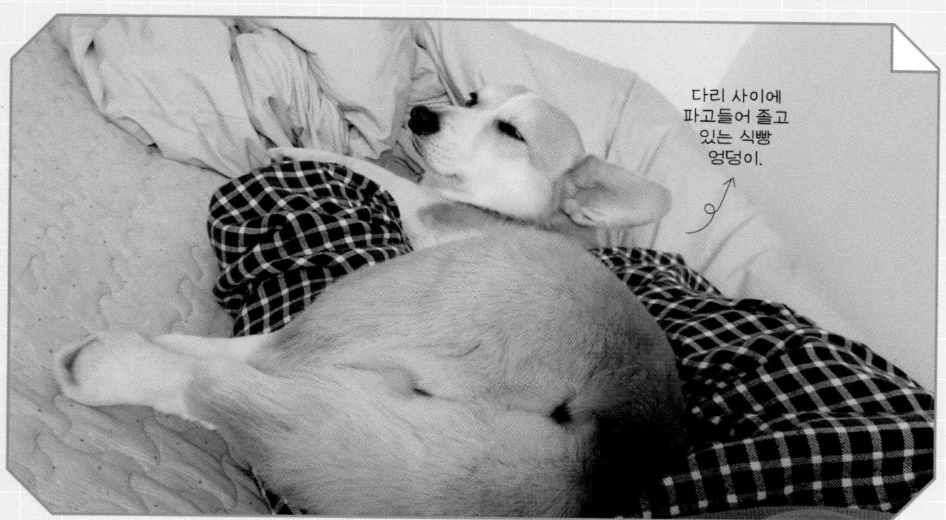
다리 사이에
파고들어 졸고
있는 식빵
엉덩이.

네가 자라는 동안
나도 자랐어

Part 03

네?
아리가 천재라고요?

유튜브를 시작하고 처음 올린 영상은 '수박 달라고 시위하는 웰시코기'였다. 평소 내가 간식을 먹고 있으면 자신의 밥그릇을 물고 와 툭 던지는 아리의 모습이 담긴 영상이었다. 그런데 영상을 올리고 얼마간 지난 뒤부터 아리가 천재견인 것 같다는 댓글들이 달리기 시작했다. 자기 주장이 강하고 표현도 확실한 것이 신기하다는 분위기였다.
마냥 귀여운 줄만 알았던 우리 아리가 천재견이라니? 그때까지 함께 산 2년여 동안 늘 자연스럽게 소통을 해왔기에 특별히 머리가 뛰어나다고는 생각하지 못했다.

교감으로 가는 길

더더욱 그럴 만했던 것은, 아리를 처음 데리고 왔을 때 우여곡절이 많았기 때문이다. 나름대로 예습을 하고 나서 가족으로 맞이했음에도 실제로 반려견을 키우는 것은 또 다른 차원이었다. 자주 좌절하고 답답한 마음이 컸던 그 시절에 도움이 된 건 '천천히, 안 되면 처음부터 다시'라는 마인드였다.

제대로 하겠다는 마음으로 마치 대학교 전공 공부를 하듯이 개에 대해 파고들었다. 개라는 종의 특성, 기원, 카밍 시그널 등 이론적인 부분들부터 눈 맞추기, 산책 교육법 등 기술적인 내용까지 가리지 않고 공부했다.

아리와 함께 성장하기 위해 했던 노력들

❶ 유튜브에 올라온 전문가 교육 영상은 대부분 시청했고, 사설 유료 강의도 가끔 들었다.

❷ 교육 시에는 일관된 메시지 전달이 중요하기에, TV 프로그램 속 문제견 솔루션 파트는 반드시 가족과 함께 시청했다.

❸ 반려견 교육 서적 중에는 후지이 사토시의 《우리 개 스트레스 없이 키우기》, 이웅종의 《개는 개고 사람은 사람이다》, 투리드 루가스의 《카밍 시그널》을 꼼꼼히 봤다. 단순히 교육법만 알려주고 끝나는 게 아니라 왜 그렇게 해야 하는지 근거 설명도 동반되기 때문에 이해하기 수월했다.

❹ 특정 훈련사에 국한되지 않고 여러 훈련사의 말에 귀 기울였다. (훈련소 방문, 방문 훈련 신청, 비공식적 만남 등) 현장에서 그들의 반려견이 실제로 어떻게 행동하는지, 교감이 어떤 식으로 이뤄지는지 살펴보는 것이 중요하다.

다리 사이에서
'까꿍?' 하며
나란히 걸어본다.

한 바퀴
구르기까지
성공!

강아지 덕질은 즐거워

나는 학창 시절에도 누군가를 열렬히 좋아해본 적이 없었다. 그저 외국 영화를 보는 소소한 재미만 있을 뿐이었다. 그래서 같은 반 친구들이 아이돌에 열광하고 팬 사인회를 다닐 때 신기하게만 생각했다.
그런데 20대 중반, 생애 첫 덕질이 시작되었다. 가족으로 맞이한 이 녀석이 바로 덕질의 대상. 어느 순간부터 세상이 아리를 중심으로 돌아갔다. 셀카 찍기 좋아하던 나는 온데간데없고 사진첩엔 온통 웰시코기 한 마리가 가득하다.

오늘도 놓칠 수
없지! 잠자는 근육
캥거루를 포착했다.

개가
보이기 시작했다

서서히 '개'라는 존재를 인정하기 시작했다. 아무리 개가 사람의 생활 패턴에 맞춰 산다지만, 사람과는 다른 개의 타고난 특성이라는 것이 명백히 존재하고 그에 대한 이해를 바탕으로 대화해야 한다는 것이 반려 생활의 핵심이었다. 우리 집 귀여운 막둥이로만 보이는 아리가 나와는 다른 종임을 인정하고 존중하는 데도 시간이 필요했던 것 같다. 아리의 저 몸짓은 무엇을 의미할까? 내 눈을 바라보며 어떤 말을 하고 있는 걸까? 질문을 던지고 고민하면서부터 우리의 진짜 대화는 시작되었다.

자기 주장이 강한 내 강아지

아리의 성향을 알면 내가 왜 그리 소통에 더 신경 쓰고, 또 잘하게 되었는지 이해가 될 것이다. 아리는 사람으로 치면 하고 싶은 일도 많고 원하는 것도 많은 야망가(?) 스타일이다. 웰시코기라는 견종의 타고난 에너지에서 기인한 것일 수도 있지만 자기 주장이 강하고 끊임없이 표현하고자 하는 욕구가 강하다. 이런 성향의 반려견과 함께 살 때는 내가 생각하는 대로 하나하나 챙겨주는 것보다는 스스로 여러 활동에 참여를 시켜주는 것이 더 좋다. 아리의 경우 간식 먹기, 장난감 놀이, 빨래 널기, 휴지 가져오기처럼 여러 가지 활동을 하는데도, 심심하면 먼저 이 물건 저 물건 가져와서 던지며 뭐라도 하자고 보채곤 한다.

아리는 이제 9가지
단어를 조합해서
원하는 것을 표현할
줄 안다.
TIP
버튼은 여러 소통 수단 중
하나다. 꼭 배워야 한다는
압박감 없이, 평소에 충분히
교감을 해왔다면 놀이처럼
시도하기를 권한다.
높은 기대치를 맞추느라
반려견이 힘들어지는
경우는 없도록 하자.

버튼으로 말해요

누구나 '우리 강아지가 말을 할 수 있었다면…'을 상상하고 바란다. 나 또한 그랬다. 기술이 발달하면 언젠가 그럴 수 있지 않을까 막연하게 기대해보기도 했다. 그런 어느 날 온라인 커뮤니티에서 해외에 사는 스텔라라는 강아지가 버튼으로 가족들과 대화하는 모습이 화제가 되었다. 밥을 먹고 싶으면 'eat' 버튼을, 산책이 가고 싶으면 'outside' 버튼을, 행복하면 'happy' 버튼을 눌러 기본적인 소통을 하는 것은 물론이고, 몇 가지 단어의 버튼을 조합해서 더 다양한 표현을 하는 것이었다.

이후 국내에서 시도해본 분이 넌지시 추천해주시기도 했다. 그렇다면 아리도 도전. 먼저 버튼에 녹음하는 말들은 평소에 가장 자주 쓰는 단어들로 구성을 하기로 했다. '간식 달라', '(산책) 가즈아!' 같은 것을 녹음했다. 이미 우리가 말하면 아리가 의미를 알고 있는 것들이었기에 단어를 조합해서 누르는 데까지는 이틀이 걸렸다. 평소 쓰지 않는 어휘를 녹음하고 가르치려 했다면 이렇게 빠르게 배우는 건 불가능했을 것이다. 아리와 원래 통하던 대화 내용에 버튼이라는 도구가 추가되었을 뿐이라, 아리는 불편함 없이 평소처럼 원하는 것을 표현했다. 고정적으로 쓰는 어휘와 반려견의 몸짓, 눈빛 등으로 충분히 교감하고 대화를 나눠왔다면 버튼으로 소통하는 방식도 추천한다.

"학교 종이 땡땡땡♪♪♬"
노래를 불러주면서 아리와
연주를 해보았다.
"아리 행복하면 땡땡해~" 하면
아리가 땡, 땡, 땡, 세 번 종을
친다. 짧은 앞다리로
야무지게 한 곡을 완주하는
모습이 정말 귀엽다.

어때.
나 잘했지?
뀨?

혹시 그거 간식? 나도 나도!

아리는 식구들이 무언가 먹고 있을 때 자신을 빼놓는 걸 용납하지 않는다. 처음엔 자기도 같이 먹자며 애절한 눈빛으로 신호를 보내더니 이제는 갖가지 개인기를 보여준다. 그래도 안 되면 밥그릇을 툭 던지며 성을 낸다. 버튼으로 의사 표현하는 법을 알려준 뒤로는 '간식', '달라' 버튼을 부서져라 눌러대서 거절하기가 점점 힘들어지고 있다.

최대한 요란하게
어필한다.
Freeze-Dried
Natural Recipe
Salmon for Dog

Freeze-Dried
Natural Recipe
Salmon for Dog
REGIONAL
그래,
하나 먹어….

세상에서 양치가
제일 쉬웠어요

TIP 양치는 매일 해주는 게 좋다. 반려견은 치통이 있어도 말을 못하기 때문에 조금 오버해서라도 미리 이빨 관리를 해주는 걸 추천한다. 이빨이 건강한 반려견의 평균 수명이 그렇지 않은 반려견보다 더 길다고 한다.

아리가 어릴 때는 양치를 시키는 것이 참 어려운 일이었다. 칫솔의 형태가 마음에 안 들면 '퉤' 뱉어버리고 치약이 맛없으면 도망을 다녔다. 우여곡절이 있었지만 끈질기게 실험한 끝에(돈도 많이 썼다…) 아리가 좋아하는 칫솔과 치약을 찾아냈다.

그 이후론 마법같이 매일 양치에 협조를 해주는 아리다. 동물병원에 갈 때마다 건치라고 칭찬을 받는다.

지능보다 감성이 발달한 강아지

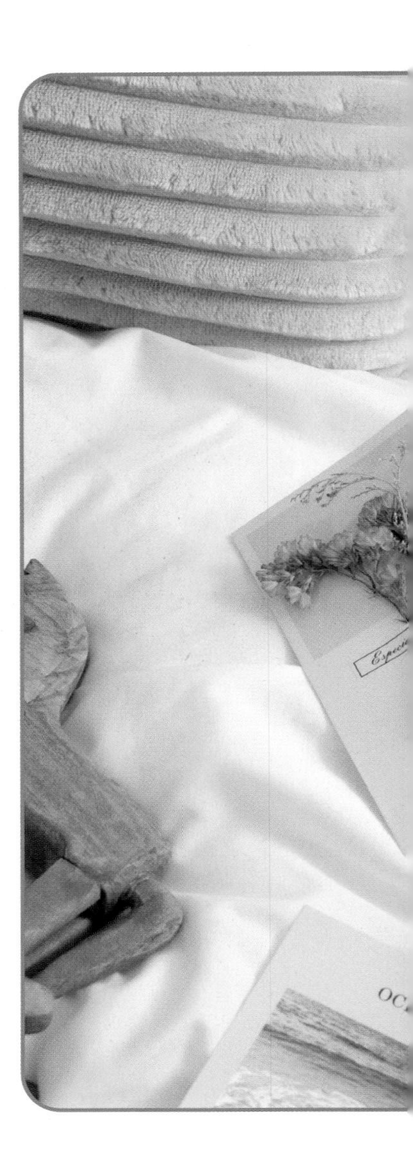

아리를 교육할 때 기술적 접근보다는 교감을 중요하게 여겼다. 예를 들어, “가져와”를 가르칠 때는 마냥 즐겁게 공놀이를 하다가 나에게 돌아오는 타이밍에 지시어 “가져와”를 얹어주는 수준에서 그쳤다. 아리는 보호자와 노는 교감의 과정에서 자연스럽게 무언가를 하나씩 익혔을 것이다.
그래서일까? 아리의 천재성은 기존의 IQ(지능 지수)가 발달된 천재견들과 달리 EQ(감성 지수)의 영향이 크다고 한다. TV동물농장에서 천재견 테스트를 했을 때도 보호자인 나와의 관계 속에서 발현된 천재성이 크게 나왔다.

헤헤, 기분 좋아!

청소
그만하고
나랑 놀자!

아파트로
이사를 가던 날

아리는 두 살이 될 때까지 옥상이 딸린 주택에서 살았다. 그래서 아파트로 이사를 가면 새로운 환경에 낯설어할까 봐 걱정이 됐다. 그것이 기우라는 건 새 집에서 하룻밤도 자기 전에 밝혀졌다. 입주 청소를 하기 위해 들른 새 집에서 아리는 가족들과 여행이라도 온 듯 신이 나서 돌아다녔다. 아리의 빠른 적응력 덕분에 가족들도 편안한 마음으로 새로운 보금자리를 맞이할 수 있었다.

여기가
이제
내 영역이야?

새 집에서도
아리의 임무는?
집사 뭐 하는지
감시하다가 잠들기.

맛있는 냄새로도
못 깨우는
아리의 낮잠

목줄 vs 하네스

한창 산책 아이템으로 하네스가 유행했던 적이 있었다. 어디서부터 유행이 시작된지는 모르겠지만 하네스를 착용하고 썰매견이 썰매를 끌듯이 보호자를 끌고 다니는 반려견들이 많이 보였다. 보호자는 아마 반려견이 편안한 상태로 산책하길 바라며 목이 조일 수 있는 목줄 대신 하네스를 선택했을 것이다. 그런데 하네스를 하고 앞질러 나가는 반려견들을 보면 과연 그 목적에 부합하는 산책을 하고 있는 것일까 의문이 든다.

실제로 목 대신 가슴을 조이는 게 더 편하지 않고, 무리하게 훈련하면 체형 변형이 온다고 한다. 그래서 산책을 처음 배우는 반려견들에게는 적합하지 않을 수 있다. 나도 아리가 어릴 때 하네스를 사용해봤지만 앞으로 치고 나가는 성질이 강화되는 것을 보고 교육을 하는 동안엔 목줄을 착용했다. 교육은 언제나 타이밍이 중요한데, 야외 환경에서 흥분한 반려견에게 효과적으로 텐션을 주어 나에게 집중을 시키기에는 목줄이 더 용이하다. 목줄을 하고 나란히 걷는 연습이 되면 나중에 하네스를 사용해도 늦지 않다.

실내 산책부터 시작

TIP 하루 15분씩만 할애해도 충분하다. 중요한 건 매일 반복한다는 사실이다. 규칙이 되려면 꾸준함과 인내심이 필요하다.

아리는 실내에서 산책 연습을 먼저 했다. 목줄을 느슨하게 하고 집안 곳곳을 돌아다녔다. 이 실내 산책의 목표는 보호자가 사인을 보냈을 때 집중하는 것이다. 상대적으로 흥분을 제어하기 쉬운 실내에서 보호자에게 집중하는 연습이 충분히 되면 야외에서도 교육이 수월해진다.

물론 마냥 줄을 채우고 움직인다고 산책이 되는 건 아니다. 실내에서부터 적용했던 교육 방법은 리드 워킹Lead walking이다. 말 그대로 보호자가 반려견을 리드하면서 걷는 것이다. 가상의 원이 있다고 생각하고 반려견을 원 안쪽에 위치시킨다. 바깥에 위치한 보호자는 반려견과 원을 반복적으로 돈다. 이때 흥분도가 있고 집중력이 떨어지는 반려견은 바깥쪽으로 이탈하고 싶어할 것이다. 그럴 땐 바깥에 위치한 보호자가 몸으로 블로킹해서 이탈을 막아주면 된다.

강한 힘이나 물리적 제압이 필요한 것은 아니고, 단지 무게 중심을 잡고 내가 원 바깥에서 돌면 자연스럽게 블로킹이 된다. 이때 장황한 지시어를 말하거나 당황한 기색을 보이면 리더십을 잃는다. 우직하게 원을 돌기만 하자.

그러다 보면 반려견은 보호자의 허락 없이 마음대로 이탈할 수 없구나 인식하게 되고 보호자의 얼굴을 바라보게 된다. 이때 아이 컨택이라는 마법이 펼쳐진다. 그 순간을 놓치지 않고 간식과 폭풍 칭찬을 선사해야 한다. 강아지는 이렇게 생각할 것이다. '마음대로 날뛰지 않고 엄마를 바라보니 간식과 칭찬이 생기네?' 비로소 교감이 시작되었다.

리드 워킹 하는 법

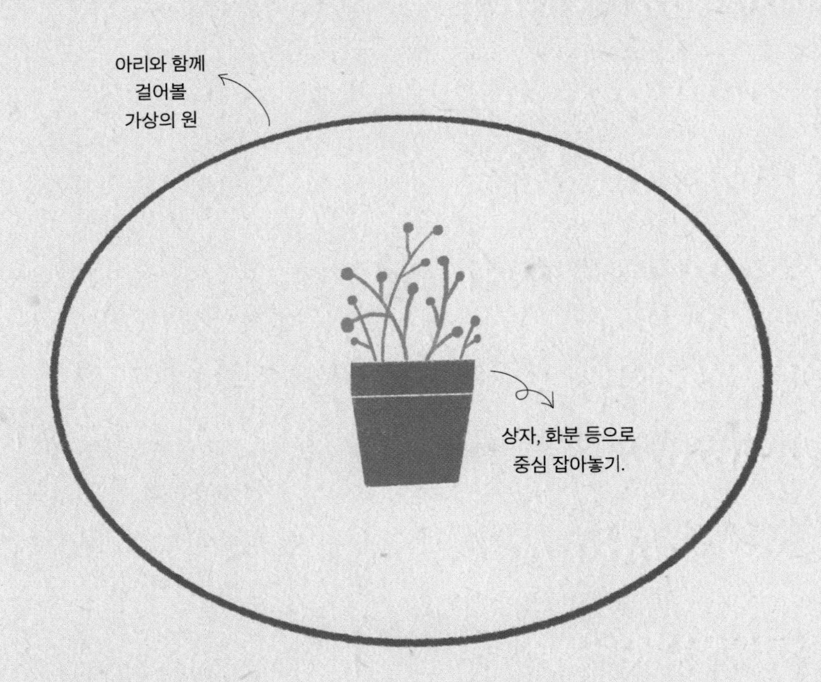

1 물건 하나를 중심에 놓고
가상의 원을 만든다.

2

강아지를 안쪽에서 걷게 하고 보호자가 바깥에서 원을 따라 걸으면, 강아지가 흥분해서 이탈하려 해도 자연스럽게 블로킹하게 된다.

3

보호자의 리드대로 걸으며 아이컨택하게 되면 간식과 폭풍 칭찬을 잊지 말자.

이제 야외에서 해볼까?

실내에서 잘하던 친구라도 야외에서는 조랑말처럼 날뛰게 될 수 있다. 예상치 못한 다양한 자극이 즐비하기 때문에 자연스러운 일이다. 그래도 좌절할 필요는 없다. 실내에서 했던 것처럼 같은 방법으로 리드 워킹을 한다. 처음에는 활동 반경을 크게 가지지 않고 한적한 공원에서 살살 걸어본다.

며칠 정도 지나 반려견이 나에게 집중하기 시작했다면 이제 사람이나 개가 있는 곳으로 가서 연습한다. 움직이는 자극들 앞에선 아무리 교육을 잘 받은 개도 흥분할 수 있다. 그렇기에 더욱 연습이 필요하다. 근처에 사람이나 개가 지나가더라도 나는 원을 그리며 아리와 아이 컨택을 했다. 주변에 무슨 일이 일어나도 '아, 엄마만 보면 되는 거네!' 하고 인식하게 되는 과정이다.

그리고 점차 환경을 바꿔나간다. 이번엔 버스 정류장 근처에서 아리를 집중시킨다. 버스가 오든 말든 너는 나만 바라보면 아무 일도 일어나지 않는다는 사실을 알려주는 것이다. 아리는 사람을 너무 좋아해서 아직까지 낯선 사람만 보면 귀가 접히고 흥분을 하기도 하지만 내 신호에 바로 집중하고 차분해지는 수준까지 왔다.

걷다가도
자연스럽게
눈 마주치기.

신이 나서
흥분했다가도 눈이
마주치고 멈추라는
사인을 보내면 이내
차분해진다.

산책을 나가면 어떤 활동을 해야 할까?

산책을 나가면 바닥에 코만 박고 걷는 친구들이 있다. 보호자들도 야외에서 다양한 냄새를 맡는 노즈 워크Nose work가 스트레스 완화에 도움이 될 것이라고 생각하기 때문에 그대로 두곤 한다. 하지만 이 말은 반은 맞고 반은 틀리다.

노즈 워크는 말 그대로 코를 사용해서 다양한 자극 놀이를 하는 것이다. 그런데 집에서 신문지에 간식을 싸서 숨겨놓고 찾으라고 하는 노즈 워크와 야외에서 다른 개의 냄새만 맡으며 흥분하는 노즈 워크는 엄연히 다르다. 전봇대, 풀밭 할 것 없이 코를 박는 반려견들의 경우 흥분도가 점차 높아지는 것을 쉽게 볼 수 있다. 스트레스가 완화되기는커녕 갈수록 행동이 급해지고 냄새를 맡는 행위 자체에 집착하게 되는 것이다.

주변 환경에 대한 여러 가지 정보를 냄새로 얻는 것 자체는 문제가 되지 않는다. 하지만 보호자와 교감하면서 걷고 뛰며 충분히 운동을 해야 하는데 냄새 맡는 일에만 몰두하면 산책이 산책다워지기 어렵다.

사람으로 비유하자면 어린 자녀와 산책을 나가서 보이는 사람 모두에게 인사하라고 시키는 것과 같다. 그러면 아이는 주변에 인사하느라 보호자와 함께 걸으며 교감하는 산책의 의미를 잃게 될 것이다. 그렇다면 어떻게 해야 할까?

보호자가 그 빈도를 조절해 '허락'을 해주면 된다. 나란히 잘 걷고 뛰다가 깨끗한 풀밭이 나오면 수신호를 준다. '맡아' 혹은 '쉬~' 라고 말하며 줄을 늘어뜨려 준다. 아리의 경우 '쉬~' 하면 풀밭에 들어가 배변 활동도 하고 조금 이동해 냄새도 맡는다. 어차피 보호자가 노즈 워크 시간을 따로 주는 걸 알기 때문에 반려견도 조급하게 굴지 않는다. 흥분도가 내려가는 것이다.

차분하게 기다릴 줄도 알아야 한다.

TIP 마킹 중독도 조심

무분별한 노즈 워크와 마찬가지로 마킹을 하는 것도 습관이 된다. 전봇대만 보면 나오지도 않는 오줌을 짜내는 반려견을 자주 볼 수 있다. 정상적인 배변 활동을 했다면 일정 거리를 이동한 뒤 보호자의 신호에 마킹을 하는 정도가 적당하다.

잘했으면
폭풍 칭찬.

TIP 엘리베이터 펫티켓

아파트에 살다 보면 산책을 나갈 때마다 매일 반려견과 함께 엘리베이터를 이용하게 된다. 내 반려견이 순하다고 해서 줄을 길게 늘어뜨려 타인에게 다가가게 만드는 것은 금물이다. 내 눈에는 예쁜 반려견일지라도 타인에게는 공포의 대상이거나 싫을 수 있다. 안고 타거나 엘리베이터 구석에 가만히 있도록 줄을 짧게 잡아야 한다.

발톱은 안 깎을 정도로

아리는 어느 순간부터 발톱 깎을 일이 없었다. 산책을 많이 하는 개는 발톱이 자연스럽게 갈린다. 물론 풀밭 위주로 이동하다 보면 발톱을 깎을 필요가 생기기도 하지만, 웬만하면 산책으로 발톱 길이가 유지되면 좋다. 마찬가지로 발의 털도 자연스럽게 탈락되어 미용도 하지 않게 되었다. 병원에서도 발톱이 많이 긴 반려견의 경우 보호자에게 운동을 많이 시켜달라고 부탁을 하기도 한다.

피곤한 개가 행복한 개

한때 집에서 잠만 자는 아리를 보고 어디가 아픈 건지 걱정이 되어 병원에 데리고 간 적이 있다. 의사 선생님 왈, “산책 많이 해서 그냥 피곤한 거네요.”

호들갑을 떤 것 같아 어쩐지 민망해지긴 했지만 한편으론 뿌듯한 마음도 들었다. 아리가 매일 피곤하다는 건 그만큼 잘 먹고 잘 놀고 있다는 것이니까. 주변에 반려견을 키우는 친구들에게도 늘 얘기한다. 하루 2번 이상 산책해서 행복한 개를 만들어 달라고.

아리가 엄마와 산책하면 생기는 일

가끔 엄마가 아리를 데리고 보너스 산책을 나간다. 그럴 때마다 사진첩에 꽃 냄새를 맡는 아리 사진이 늘어간다. 벌써 6년째 꽃밭과 강제 인사 중인 아리는 이젠 알아서 포즈도 척척 잡는다고 한다.

비 오는 거랑 산책이랑 무슨 상관이지?

이건 아리의 주장이다. 비가 오면 감기라도 걸릴까 걱정되어 산책을 미루려는 게 보호자의 마음이다. 그런데 우리 반려견들의 생각은 전혀 다른 것 같다. 날씨가 좋으면 당연히 나가고, 바람이 불면 시원해서 나가고, 눈이 오면 눈 밟으러 나가야 한다. 비가 오면 또 나름의 이유가 있어서 나가야 한다. 결국 우리가 준비해야 하는 건 귀여운 우비와 받아들이는 마음이다.

왜?
뭐 문제 있어?

비 오니까
냄새가 진해서
더 좋아!

다행히 산책을 시작하니
비가 잠시 그쳤다. 아리는
마냥 신난 눈치다.

고마워,
함께한 모든 날.

그리고 앞으로도

Part

04

우리 놀러 갈까?

아무래도 아파트에 살다 보니 마당이 없다는 사실이 가끔 미안해질 때가 있다. 그래서 최대한 산책을 자주 나가고 집에서는 휴식을 취할 수 있도록 하는데, 날씨가 좋은 계절엔 서프라이즈 이벤트로 마당 있는 펜션을 예약해 아리와 함께 간다. 세상 다 가진 얼굴로 웃어줄 때는 덩달아 행복해진다.

넓은 마당에서
해맑게 웃어주는
아리.

TIP 꼭 마당이 있어야만 반려견이 행복한 건 아니다. 꾸준한 산책으로 충분한 에너지 해소가 되면 집을 휴식 공간으로 인식하기 때문에 집의 형태는 중요하지 않다. 아리의 경우 바깥 환경에 노출된 마당에서 오래 생활했을 때 오히려 예민해지기도 했다.

나 고기
한 입만~
냠냠
펜션 소파에서도
세상 편하게
잠들어 버린다.

계곡물에 둥둥 뜬 웰시코기를 보셨나요

어렸을 때부터 물과 친해질 수 있도록 물놀이를 하러 다녔다. 옥상에서 수영장을 만들어 노는 것도 좋지만 역시 자연이 만들어 준 계곡이 최고다. 처음부터 입수하진 않고 털에 물을 적시는 정도로 시작했다. 다행히 큰 거부감 없이 잘 있어 주었다.

물놀이를 하고 나면 돗자리에서 낮잠을 잔다.

이제 아리는 수심이 적당한 곳에서 몇 시간이고 거뜬히 물놀이를 즐긴다.
저 짧은 다리로 어찌나 수영을 잘하는지, 물에 진심인 귀여운 식빵을 위해 여름마다 계곡을 찾아 떠나는 여행을 하고 있다.

가르쳐준 적이
없지만
잠수도 한다.

TIP 웰시코기처럼 다리가 짧은 친구들은 주목! 깊은 수심에서는 수영을 할 때 다리에 힘을 많이 줘서 관절에 무리가 갈 수 있다. 발이 닿을 듯 말 듯 하는 곳에서 짧게 입수를 반복하는 수영이 더 좋다.

왕 크니까
왕 귀여워

웰시코기를 떠올리면 귀여운 얼굴과 짧은 다리가 먼저 생각 나서 그런지,
미디어로 보다가 실제로 봤을 때 "엄청 크네요!?" 하는 사람들이 많다.
아리는 10kg 전후로, 웰시코기 중에 작은 편에 속한다. 그런데도 우리
품에 안겨 있는 모습이 영상에 잡히면 너무 살찐 거 아니냐, 통통하다는
댓글이 달리기도 한다. 살찐 거 아니고 왕 크니까 왕 귀여울 뿐인데.

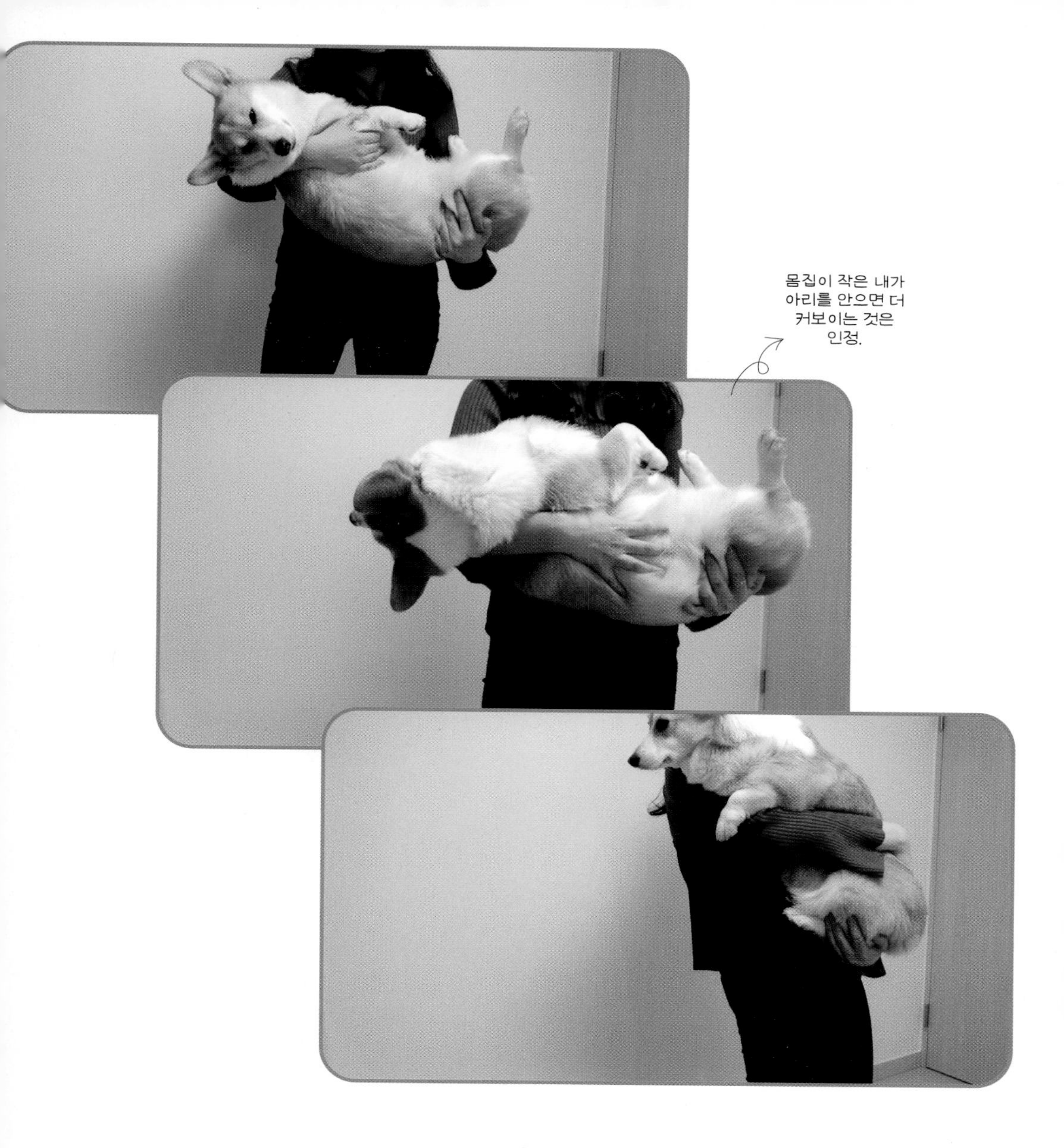

몸집이 작은 내가
아리를 안으면 더
커보이는 것은
인정.

기억하세요.
'웰시코기-털=0'

아리의 털을 잔뜩
모아서 모자를
만들어주었다. 매일매일
모자 만들기가
가능하다는 게 함정.

우리 집에선 웰시코기를 털시코기라고 부른다. 1년 365일 털갈이를 하는 걸까 싶을 정도로 항상 털이 빠진다. 단순히 털이 빠지기만 하면 양반이다. 굵은 털은 옷에 박히고 가벼운 털은 집안 곳곳에 날아다닌다. 밥상에서 반찬을 먹으려고 한 젓가락 집을 때마다 아리의 흔적을 마주할 수 있다. 처음에는 털 빠짐이 예상보다 심해 당황하기도 했지만 어느새 적응이 된 것인지 털도 귀여워 보인다. 털 빠짐을 어떻게든 막아보겠다고 애를 쓰면 웰시코기와 함께하는 삶이 고달파질 수 있기 때문에 조금은 포기하고 내려놓기를 추천한다.

털 관리에 정답은 없다. 그저 청소뿐. 아리랑 살면서 온 가족이 부지런해졌다. 아침과 저녁에 청소기를 두 번씩 돌리고 물걸레질도 한다. 이불 빨래는 주 2회 이상, 건조기는 매일 돌린다. 건조기는 먼지나 털 제거에 탁월해 이중모를 가진 반려동물과 함께 산다면 강력 추천한다. 실내에서 입는 옷과 외출복을 철저히 구분하는 것도 큰 도움이 된다. 털이 많이 빠지면 의외로 강아지의 청결 유지에는 도움이 된다. 매일 털갈이를 하니 털에 묻은 이물질도 함께 제거되는 셈이다. 이러한 털의 회전력(?) 덕분에 위생적인 면도 있는 것이다. 분명 흰색 털에 빗질을 했는데 누런 털이 잔뜩 나올 때 뜻밖의 희열을 느낀다.

자꾸 안 놀아주면
그땐 나도 깡패가 되는 거야!

스마트폰을 한참 보고 있을 때 등짝 스매싱을 날리는 건 부모님만이 아니다. 아리는 공을 갖고 와 던지기도 하고 앞발로 나를 툭툭 건드리기도 한다. 같이 놀아주지 않으면 심술이 나는지 관심을 받기 위해 평소보다 조금은 거친 모습을 보인다. 요즘은 아리가 잠든 시간에 스마트폰을 보며 혹시 깨지 않았는지 살짝 눈치를 보게 된다.

날 두고
일을 한다고?

사료값을 벌기 위해 열심히 일할 수밖에 없는 집사들. 하지만 털친구들이 이를 이해할 리 없다. 고양이 키우는 사람들 이야기를 들으면 종종 따뜻한 노트북 위로 올라와 작업을 방해한다던데, 아리는 냅다 노트북을 덮어버린다. 그러고는 책상 위에 고개를 올리고 세상 가장 귀여운 어필을 한다.

이래도
나랑
안 놀 거야?

아리는 유능한 비서견

집에서 집사를 관찰하고 있다가
필요한 게 있는 것 같으면 먼저
나서서 기특한 행동을 한다. 그리고
칭찬을 받으면 귀가 커지면서
세상을 다 가진 듯한 아리다. 관심이
필요하면 먼저 요구하기도 하고
자기가 소외받는 일은 용납 못하는
귀여운 관종견이다.

다이어리도
필요해?

가방 가져왔어.
산책 가자!

아리와 함께
메리 크리스마스!

빨간색이 잘 어울리는
산타 코기와 함께하면서
크리스마스가 갑자기 좋아졌다.
12월이 되면 집에서 아리와
함께 트리를 만들고 캐롤을
듣는다. 영국에서 온 강아지라
그런지 크리스마스 분위기가 참
잘 어울린다.

작고 소중한
난쟁이 산타.
아리가 이 옷을
입으면 신나는 이유를
생각해봤다. 사람들이
한껏 귀여워해줘서가
아닐까…

내 감정에 공감해주는 아리

아리와 함께하면서도 나는 이따금씩 수술 후유증으로 우울한 시간을 갖곤 했다. 내려놓았던 거울을 들고 사라지지 않는 흉터를 보며 눈물을 훔칠 때면 아리가 다가와서 손을 툭툭 친다. 그만 힘들어하고 자기를 보라는 듯 말없이 위로해준다. 아리가 건네는 위로는 그 어떤 응원보다 힘이 된다.

우는 시늉만
해도 슬그머니
다가온다.

내가
있잖아.

스카프로 흉터
안 가려도
괜찮아.

모든 날
모든 순간이 달라졌다

행복하지 않던 날들이 있었다. 무언가에 쫓기는 기분으로 초조하고 치열하게 살 때는 몸이 약해지는 만큼 마음도 약해졌다. 그러다 이제는 정말 변해야만 했을 때 아리를 만났다.

아침에 일어나 곁에서 새근새근 자는 귀여운 얼굴을 마주할 때, 그리고 사랑스러운 아침 인사를 나눌 때면 세상을 다 가진 기분이다. 우울할 틈 없이 자리를 박차고 일어나 아리와 산책을 다녀온다.

아무도 없는 집에 덩그러니 앉아 있을 때 느끼던 외로움은 더 이상 없다. 공을 던지면 세상 행복한 얼굴로 뛰어다니다가 이내 나를 꼬옥 안아준다.

우리는
베스트
프렌드니까

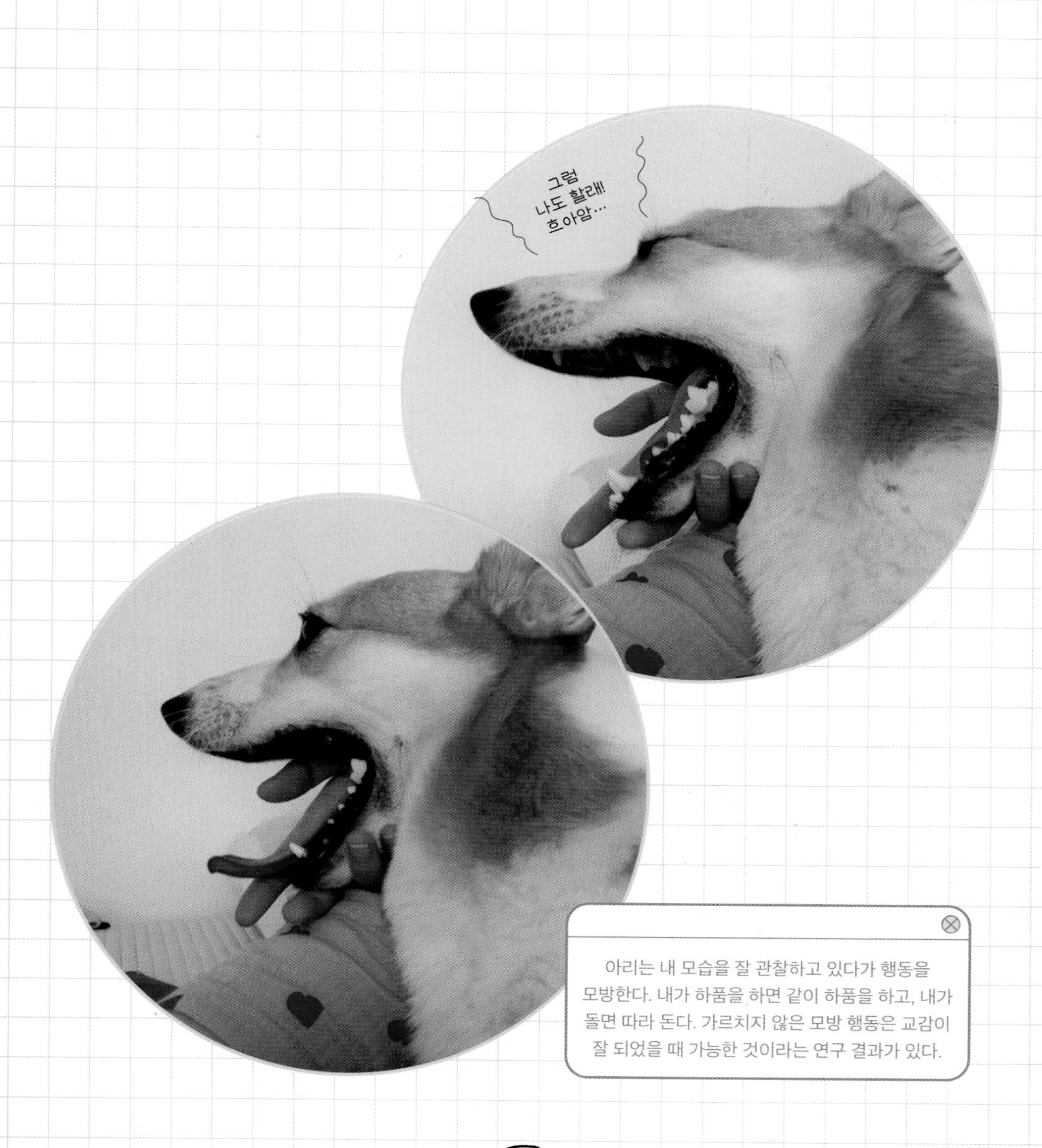

아리는 내 모습을 잘 관찰하고 있다가 행동을 모방한다. 내가 하품을 하면 같이 하품을 하고, 내가 돌면 따라 돈다. 가르치지 않은 모방 행동은 교감이 잘 되었을 때 가능한 것이라는 연구 결과가 있다.

집에서 부산스럽게 집안일을 하고 있으면 아리가 어느새 옆에 와 있다. 어떤 일이든 집사와 함께 하고자 하는 아리라서 빨래를 돌리고 너는 과정도 함께한다. 세탁기에 세탁물을 집어넣는 건 식은 죽 먹기다. 다 돌아간 세탁물을 꺼내 건조대에 널 때도 아리는 뭐라도 물고 와 건네준다. 아리와 함께라면 집안일도 즐거운 놀이 같아진다.

빨래도 같이 널고 싶어하는 강아지

나 혼자 빨래를 널면서 도와달라고 하지 않으니 시무룩해진 아리.

양말 좀 달라고
했더니 신나게
물어와서 건네준다.

진짜 가족이 되어
함께 가는 길

아리를 맞이할 때 나는 내 시간, 돈, 에너지를 모두 아리에게 주어도 아깝지 않다는 마음으로 가족이 되었다. 누군가는 이런 내가 유난스럽다고 할지라도 나는 여전히 같은 마음이다. 내가 힘들고 어려운 상황에 놓여 있을 때 곁을 지켜준 것도 아리다. 이 아이가 보여준 무조건적인 사랑은 가끔 경이롭기까지 하고, 그 모습을 지켜보고 있으면 더 좋은 가족이 되어주고 싶다는 생각이 든다. 더 나은 사람이 되고 싶게 하는 존재, 그게 아리다.

Happy moment with Ari

아리의 행복한 순간들

흙을 묻혀도. 아니.
묻힐수록 즐거워
보인다.

가을 햇살을
만끽하는 중.

내가 사주고
내가 놀라는
생선 장난감.

약간 군밤장수
같은 아리. 이상한
거 씌워도 가만히
있어줘서 고마워.

처음 받아본 생일
케이크 앞에서 동공
지진 났던 두 살 아리.

우리 아리는 힙한
강아지니까 핑크
뮬리 앞에서
인증샷도 찍었다.

명절이면 아리는 전에서
눈을 떼지 못한다.
엄마가 뭔가 몰래 주고
있는 게 틀림없다.

뭐였을까.
아마도 두부?

명절이니까
한복도 곱게 입혀
보았다.

바다에
나타난 처키.

바다에 가면
아리는 계속
웃는다.

눈 오는 날을 별로
좋아하지 않았는데
아리가 눈 밟는 걸
좋아하니까 이제 나도
눈이 좋다.

아리야 고마워.

아리둥절,
매일 행복을 만나

1판 1쇄 발행 2022년 6월 15일
1판 2쇄 발행 2022년 7월 6일

지은이 아리, 아리 집사

펴낸이 이필성
사업리드 김경림 | **책임편집** 한지원
기획개발 김영주, 서동선, 신주원, 송현정 | **영업마케팅** 오하나, 유영은
디자인 렐리시 | **편집** 주소은
크리에이터 담당 권인수, 권도연

펴낸곳 (주)샌드박스네트워크 샌드박스스토리
등록 2019년 9월 24일 제2021-000012호
주소 서울특별시 용산구 서빙고로 17, 30층(한강로3가)
홈페이지 www.sandbox.co.kr
메일 sandboxstory@sandbox.co.kr
전화 02-6324-2292

ISBN 979-11-978538-1-4 03810